微
南
京

薛冰 著

漂泊在故乡

广西师范大学出版社
·桂林·

图书在版编目（CIP）数据

漂泊在故乡 / 薛冰著. —桂林：广西师范大学出版社，
2019.2（2019.9 重印）
（微南京）
ISBN 978-7-5598-1383-1

Ⅰ．①漂… Ⅱ．①薛… Ⅲ．①散文集－中国－当代
Ⅳ．①I267

中国版本图书馆 CIP 数据核字（2018）第 263016 号

广西师范大学出版社出版发行

（广西桂林市五里店路 9 号　邮政编码：541004）

网址：http://www.bbtpress.com

出版人：张艺兵

全国新华书店经销

珠海市豪迈实业有限公司印刷

（珠海市香洲区洲山路 63 号豪迈大厦　邮政编码：519000）

开本：787 mm × 1 092 mm　1/32

印张：5.375　　　　字数：90 千字

2019 年 2 月第 1 版　　2019 年 9 月第 2 次印刷

印数：5 001~10 000 册　定价：39.00 元

如发现印装质量问题，影响阅读，请与出版社发行部门联系调换。

目录

前言

这是一本不免被看作怀旧的书，况且作者是一个年届古稀的老人。

其实我一直不愿意去写怀旧文字。"白头宫女在，闲坐说玄宗"，并不是一种值得仿效的生活状态。尽管怀旧似乎是老人的标配，但我觉得，老人也可以不拿怀旧做标配。

年轻人为什么不怀旧？通常的解释，是年轻人正在朝前走，时时刻刻可能遭遇新事物，需要处理新问题，顾不上怀旧。老人呢，"太阳底下无新事"，很少有什么东西能够再唤起心底的激情，倒是从早年生活的回忆中，能得到一分温馨的抚慰。

更有专家从科学角度分析，老年人的记忆特点，是"记远不记近"，身边发生的事情常常记不住，儿时的事情反而记得清清楚楚。这道理我原先是相信的，听老人讲他们的"想当年"，听得津津有味，可是待到自己进入老人行列，却开始产生了怀疑。至少到现在，近期发生的事情我还记得清，两三个小时的讲座可以不用稿子，倒是年轻时的经历，或朦朦胧胧，或散如碎片，须借助日记、资料或别人的补充，才能渐渐明确。以我浅薄的科学知识，不禁要问，人类记忆力的衰退，为什么会是这种有选择性的衰退？人脑在进化过程中，怎么会进化出这样一种奇怪的能力？

不妨揣想，老人记忆力衰退是事实，刚刚发生的事情，记错了说错了，因旁证众多，很容易被别人发现。但是三五十年前的旧事，即使当时的见证者尚健在，此刻也未必在场，既无人指谬，众人只能姑妄听之。倘若说话的人德高望重，听者自然深信不疑，并且有一个专名叫"回忆录"。以我的阅读经验，同一作者的回忆录多没有日记、书信可靠。然而在亲历者缺失的情况下，它就很容易被当成事实。谎言重复一千遍，不见得会成为真理，但谎言坚持三代人，就有可能被误认为信史。

由此看来，老人的怀旧，仍然是一种创造，不过已不是瞻望前路或改变现实的创造，而是无力面对现实、只能回望来路的创造。他们的生活节奏越来越慢，活动范围越来越小，接触的新事物越来越少，尤其是固化的思维模式，戒备以至排斥新思想、新观念，于是只能在回忆中，将曾经的旧事按自己的意愿重塑。怀旧者经历越多，编造就越圆满，活得越长，能道破真相的人就越少。

这一本《漂泊在故乡》，与此前的《饥不择食》，都免不了有个人回忆的成分，但是其主旨，则不是为了记录个人的人生轨迹，而是想为我曾经历的这个时代、这座城市，留下一些历史记忆。书中所描绘的重点在于客观对象，也就是我曾经见闻、记忆所及的城市景况。当然，我的所见所闻或涉偶然，记忆也不敢说完全准确，但正因为是客观对象，人人可见，人人可说，故可以与其他人的记述相比照，即有偏差，也不难纠正。

《漂泊在故乡》这个书名，是形容我在这座视为故乡的城市中曾不断迁徙。六十多年来，我在南京居住过的地方，长期生活、工作的地方，竟有十几处，而且散布于城南城北、城东城西，它们各有各的面貌与色彩，和我特定的人生阶段紧密相关，形成一种文化定格。我不能说这有什么特殊的意义，这就像一批年深月久的老照片，它不可能是那个时代的全面记录，但肯定是某个时空碎片的准确记录。它为这座城市保留下若干生动的影像，或许能触发更多居民的类似记忆——同一时代不同地点的记忆，同一地点不同时代的记忆。如果大家都把这样的记忆贡献出来，我们就可能得到更为完整、更为准确的城市印象，更为真实的城市历史。

这一套"微南京"丛书的设想，就是能让更多的人、从更多的侧面，说出自己的南京故事。所以我乐意加盟，为读者奉上这样一本小书。

正如人不能两次走进同一条河，人也不能两次走进同一座城市。尤其是我们这一代人，亲历了故乡前所未有的沧桑巨变，不要说"少小离家老大回"，几个月不去一个地方，很可能就完全找不到原先的印象了。城市的急剧变迁，故乡的整体异化，使居民失却了乡愁的寄托，导致了一种更深层次的漂泊感，而且是永无归途的漂泊。

如果说前一种漂泊，迁移的只是我们的躯体，那么这后一种漂泊，无家可归的将是我们的灵魂。古往今来，为灵魂寻找安身之地，被志士仁人视为最重要的人生使命。我不敢以志士仁人自居，姑且套一句古语作结：微斯城，吾谁与归！

海陵洲

一九五〇年，我两岁，随父母来南京定居。

初到南京的几年，我们住在外婆家，下关热河路一百二十八号。那房子以前是外婆开酒店的店堂，因政府实行烟酒专卖，遂歇了业，隔成几间，一大家人住在一起。除了我们家，还有几位姨妈。迎门的堂屋仍然很大。我对南京的最初印象，就是那间大堂屋，可以让表兄弟、表姊妹们尽情奔跑嬉闹。

堂屋贴后墙放着一张八仙桌，是大人们闲坐说话的地方，应该也是一家人吃饭的地方。有趣的是我对吃饭的情形全无记忆，却能清楚地记得，外婆坐在桌边吃下昼儿，掰给我一角金刚脐。所以二〇一四年写《饥不择食》时，会以金刚脐开篇。

稍大一些，我就会趁大人不注意，溜出大门外去玩。门前是一条小巷，到热河路有一二十米，两边都是简陋的小平房，显得外婆家的房子特别高大。热河路南北走向，所以这房子坐东朝西，北侧便是热河路与建宁路相交处的旧菜场，人多杂乱，孩子们是不许去的。我的兴趣是门旁来来往往的挑水人。当时南京自来水还不普及，外婆家因为开酒店，早就有自来水。好像是二姨父的主意，接了一个水龙头到墙外，就成了个供水站。附近人家时常提了铁皮桶来接一桶水，交一根水筹。也有专门的挑水工，给人家送水，一根扁担两只大木桶，接满了水，弓腰上肩，桑木扁担颤悠悠，桶里的水面也晃悠悠，但是很少有水溅出来。尤其是早晨，等水的人会排成队，二姨就站在门旁招呼，一边收水筹，举手投足真是气派。那龙头上套了个小木盒，开个活门，平时用一把小锁锁着。过了旺市，偶尔有人来买水，大表姐也会从房里摸出钥匙，开龙头放水，然后收人家一根水筹，看得我十分羡慕。

水筹是毛竹片做的，妈妈有时也帮着做水筹，我就在一边看。一指宽的竹片，有的长些，有的短些，刮磨得平滑了，再由二姨父用烧红的炉钩烙上不同的记号，就可以用来换水了。当时我并不知道别人要花钱来买这水筹，也不知道外婆要向自来水公司交水费，只是对自制的水筹可以换水感到神奇。这可以算是我对商品交换的最早思考吧。

印象中旧菜场只去过一次。有天傍晚，听父亲说渔民捕到一只江猪，两个人用扁担抬着，尾巴还在地上拖，足有一人高，正朝旧菜场来了。大家都要去看，结果是几个大人领着一帮孩子赶了去。江猪已经横躺在大案板上，被劈得鲜血淋漓！我只看了一眼，就躲到别人后面不敢再看，一辈子都受不了这种血腥场面。十几年后在农村插队，生产队过年杀猪派我看着，因为血先放掉了，开膛破肚就不像那样恐怖。

下关最热闹的地方，是热河路广场，东北角是下关商场，街对面是工人俱乐部，一天到晚熙熙攘攘。当时下关的铁路工人和码头工人，收入相对较高，年轻人也很活跃。晚上下了班，男男女女在广场边跳交谊舞，都穿着彩色花格布的衬衫。妈妈说那是"苏联大花布"。

我对逛商场没有兴趣，但喜欢跟着大人去旧菜场旁边的小戏园子看戏。吃过晚饭，外婆说一声，去看扬州戏啊，母亲和姨妈们会陪着去。其实四五岁的孩子，看戏就是图个热闹。有一回是演锡剧《双推磨》，一男一女在台上抱着磨棍推来推去，大人们不断哄笑，我觉得就跟街边豆腐店里做豆腐一个样，有什么好笑！居然睡着了。印象更深的是工人俱乐部里演木偶戏，不是街头能看到的手彩木偶，而是跟人

台上唱着双推磨
我却瞌睡着了
丁酉辛順作

《双推磨》

一样大的提线木偶。头一晚看的是《火焰山》，孙悟空在天上飞来飞去，像真的一样，晚上兴奋得睡不着。第二天闹着再去，结果是《蚂蚁搬家》，人高马大的蚂蚁们，围着舞台中心的圆柱转圈圈，搬来搬去还搬不完！我数了好一会，总也数不清，想起白天看小蚂蚁搬家，数不胜数，也就放弃了。

我们家搬离下关是一九五四年。那年雨水多，到了七月里，几乎天天下雨，就是出着太阳也还是在下雨。爸爸每晚下班回来，总是念叨哪里哪里又淹了。外婆就说，当年造这房子时地基打得高，她在这住了一辈子，屋里从没进过水。七月中旬，气象预报说台风要来。大人们都不去单位上班了，轮流上江堤抗洪。邻居们一家家忙着在门前砌小坝，有的人家已经在用木瓢朝外舀水。外婆照旧笃笃定定，坐在八仙桌旁吃下昼儿。

到傍晚，街面上的水，齐我们家的地面了。

这下一家人慌了神。二姨父不知从哪弄来一袋黄沙，可找不到水泥，只好先拿黄沙在门槛外堆出一道小坝，坝上又压上一排旧砖。父亲回来看见，说这不管用，水会从沙里渗过来。于是改用三条长凳横卧在门内，凳外排砖，缝隙用旧衣服塞严实了，看起来够坚固。然而到吃晚饭时，水就进家了，薄薄的平平的，在灯光下闪亮，像是青砖地面上铺了层玻璃。我和表兄弟们穿着靸板儿，兴高采烈地在堂屋里跑，把水溅得到处都是。

大人们决定让我们上床睡觉，不要影响他们商讨防涝大计。妈妈提出疑问，眼看水还在涨，夜里下床会不会滑跌倒？还有水里会不会藏着什么东西咬了我们的脚丫巴？爸爸主意多，把五斗橱、写字台的抽屉取下，反扣在地上，连成了一座"桥"。我立时就要尝试，在"桥"上走了几个来回，证明此法切实可行，这才安心去睡。

半夜里做梦，梦见自己在水里跑，不小心摔了个仰八叉，怎么也爬不起来，背上全被水浸湿了，冰冰凉。正挣扎着，醒了，发现真的睡在了水中，是水漫到床上来了。大呼小叫地喊妈妈，妈妈开了灯，只觉得房子一下矮了许多。抽屉和靸板浮在水面上，"桥"变成了"船"。爸爸把我抱上大床，大床比我的小床高几厘米，床面离水也已不远。我坐在床边上，用两只脚划水，大"船"小"船"漂来荡去，逗得弟弟妹妹十分开心。

被惊起的大人们赶紧收拾东西，把怕受潮的衣物尽量朝高处放。其实谁也不知道水究竟会涨到多高，只是图个心安罢了。外婆担心是长江决堤，爸爸和姨父都说不像，决堤的水势会凶猛得多，恐怕还是内涝。长江水位太高，堤坝内的水几天前就排不出去了。

忙乱之间，天亮了。然而灰蒙蒙的天空似乎触手可及，说不定什么时候就会化为大雨倾泻。大人们乱糟糟商议应对之策，二姨父决定把放杂物的阁楼收拾出来暂住。妈妈和外婆盘算，舅舅家住在鼓楼，那里地势高，不至于被淹，不如到舅舅家暂避几天，再作打算。

吃过早饭，我们一家带着简单的换洗衣服，涉水出门，去热河路边的公共汽车站。台风如约而至，湿漉漉地拍在人身上，很有分量，雨却像是被吹散了。妈妈抱着刚满周岁的弟弟，爸爸一手挎着包袱，一手抱着妹妹，三姨搀着小脚的外婆，一边招呼着我。我拖着双鞍板儿，跋涉在齐膝深的水中，颇有雄赳赳气昂昂的感觉。候车的人不多，可往来的车更少，等了许久，好容易来了辆车，居然还有空座位。

汽车在水里慢慢地爬行，车后拖着长长的尾波。进了挹江门，爸爸叹了口气，好像说总算安全了。然而没到三牌楼，车竟熄火抛了锚。司机把车门打开，可是没人下车，也没人讲话。一车人静悄悄地坐着，似乎在等待什么奇迹发生。奇迹没有来，来了另一辆公共汽车，司机答应把我们转驳过去。有人先下了车，马上惊呼，这里的水比下关还深！娃儿们不能下来！司机想了个办法，让两辆车尽量靠紧，把孩子从车窗中递过去。爸爸托着我，递给对面车上的一个壮实男人，我平安地穿过两道车窗，可是脚上的一只靰鞡板儿却落到了水里。眼看着那只靰鞡板儿在浑浊的水面上漂荡，我大声叫唤，可是没人理我。司机稳稳地发动了车子，大人们齐声叫好。只有外婆悄悄安慰我，说下车为我买新靰鞡板儿。

车外的水越来越浅，车速也越来越快。我们在鼓楼医院门前下车，地上只有淡淡的湿意，路边法国梧桐的大叶片上，偶或滴下一点半点水。我光着一只脚，呆呆地望着鼓楼坡上半人高的荒草，浓绿的草叶渐渐亮堂起来。一回头，一缕久违的阳光，划破云层，明晃晃地照花了我的眼睛。

大水退后，我们一家已经在城里找到了住处，就没有再回下关。

外婆家的房子，在一九五八年的私房改造中，三分之二以上被政府征收，用来开了家国营粮站，就是当时颇有影响的"三八粮站"。外婆后来一直跟舅舅一家住在城里，留守的二姨一家，住在仅剩的北厢和阁楼中。我们有时候去下关走亲戚，感觉热河路广场的繁华并不亚于新街口。因为下关是津浦线与沪宁线的交汇点，又是长江航运的重要港口，

外婆家

南北过江的必经之地，正是这一交通枢纽的地位，保证了下关的兴盛。就连挹江门外的绣球公园，也还要算南京的一个知名景点，可以同莫愁湖比肩。那个"马娘娘的大脚印"，更是常挂在老人的嘴边。

那时我感到奇怪的，是这路名的由来，热河路西邻惠民河，东邻绣球公园的双湖（双湖实际上是护城河），附近并没有一条"热"的河。直到三十年后，我同几位朋友一起编《南京大观》，看到《首都干道定名图》，才知道热河路得名于热河省。南京城西北片的规划道路，是以当时的省及特别市命名的。此后对于洋务运动与下关城区现代化渐有认识，才明白大马路、商埠街、惠民桥、下关火车站、中山码头这些当年常挂在大人嘴边的地名，都有着非同一般的意义。

因为同治、光绪年间，先后任两江总督的曾国藩、李鸿章、刘坤一、左宗棠、曾国荃、张之洞等，都是洋务运动的重要骨干人物，使南京在发展现代交通、引进新兴工业、实施新式教育、建设新型城市等方面，都能得风气之先。同时，西方列强迫使江宁开埠，中国官方民间积极应对，使下关地区成为重要的空间节点，沿江一带迅速形成新的交通与商贸中心，下关地区也成为南京最早进入现代城市的区域。下关现代化的特殊意义，在于它没有像其他开埠城市那样，沦为西方列强的租界，它的繁荣是在维护主权、对外开放基础上，中国人与西方人共同建设的结果，这在中国近代史上可以说是唯一的。

一九六八年我到苏北农村插队，八年后回城，再到下关时，意外地发现下关一片萧条，热河路广场周围冷冷清清，下关商场门可罗雀。渡江胜利纪念碑落成后，就更像一个政治性广场了。究其原因，一九六九年长江大桥通车是一个转折点，火车、汽车都从盐仓桥上大桥过江，下关便成了一个被从交通干线上甩下去的死角。二十世纪八十年代，我只有去武汉、重庆，才会从中山码头上客轮。还记得返程时沿江而下，远远望见下关电厂的大烟囱，南京人就都涌到甲板上来看，相互招呼："南京到了！"随着长江航运的衰落，下关几乎就淡出了南京人的记忆。

二十世纪末，静海寺、天妃宫的扩建，仪凤门的重建，也只能算给下关打开了一个窗口。一街之隔的旧菜场，只有沿街新建了一排店铺，内里的破败难以形容。近几年政府有意打造南京"外滩"，未立先破，下关地区大量近现代历史建筑，尤其是工业遗产建筑被无情毁弃。作为南京地标百余年的电厂大烟囱竟在二〇一五年被拆除。值得庆幸的是，下关地区近现代建筑的重要性，终于成为社会共识，此后规划局审议和记洋行地块、大马路地块的复兴规划时，都把历史文化遗产保护放在了第一位，并据此提出了建设性的方案。

外婆家的老宅，遭征收的大部，在二〇〇一年被粮食局拍卖，当时还曾作为一项政绩进行宣传。二〇一六年旧菜场地块也在拆迁，我想该与老宅告个别，可十二月二十八号赶去时，那里已被拆成一片瓦砾。

站在那块废墟上，我暗暗揣想当年外公外婆选择这块土地时的心情。虽然坐东朝西不是建房的好朝向，但东面背靠狮子山，西面正对惠民河，也能算做生意的好风水吧。而这一块土地的开发，正是清末民初下关崛起的一种见证。仪凤门外护城河与惠民河之间，原本是江滩演化而成的湿地。随着下关开埠，土地需求大增，海陵门打开后，这一带被称作海陵洲，因为地处两条交通干道之间，优势明显，遂被打围排水，填为平地，迅速成为商市区。这就是热河路的前身。

海陵门早已易名为挹江门。海陵洲这个名字，只怕也没什么人知道了吧。

汉西门

从下关搬进城里，急切中找不到安身之地，只能投亲靠友，一家人先是在长江路田吉营表姨父家借住了个把月。那时我正是淘气的年纪，所谓"七岁八岁狗都嫌"，整天爬高上低。表姨父家的房子格局很怪，上下两层的西式楼房，楼下前后两进，前进天井，后进中间堂屋，两边厢房，是主人一家住着。进门右手靠墙有楼梯上二楼，二楼的前进是挑空的，使楼顶大玻璃天窗的光线可以直射到一楼，只在沿墙留下一圈二尺来宽的走道，以便上下楼梯的人有一个避让。我们一家住在楼上，这条环形走道便成了我的乐园，绕着圈奔跑不息。虽说环着天井有一米高的栏杆，还是让大人提心吊胆。

当时父亲在汉中门内的机具施工站工作，遂就近在莫愁路上找到一处房子。这回是楼下，房间够大，租金不高，斜对面就是一所小学。是八月里，校门口人行道树荫下，放了一张课桌一条长凳，两位招生老师冷清清地坐着。母亲见了，便带我去报名，老师得知我到九月才满六周岁，便说不够年龄，要到明年。母亲不甘心，说我已经认识不少字，请老师考考我。老师正好闲着，就在纸上写了几个字，我都认对了，又报了几道加减算题，我也答对了。大约当年生源也不足，两位老师商量了一下，就让我报了名。

我在莫愁路小学只读了半学期。因为租住的房间天花板和墙壁上，都是一片片的水迹，母亲颇觉奇怪，后来与邻居熟悉了，一打听，才晓得那房子过去是做殡仪馆的，大吃一惊。再看那些水迹，似乎都有幻化成鬼怪的意思，吓得白天提心吊胆，晚上睡不着觉，急着找房搬家。幸而父亲单位宿舍里空出一间房，便赶紧搬了过去。我也就转学进了罗廊巷小学。有趣的是，我插入的那个班，是全校出了名的乱班，不晓得一年级的小学生怎会那么能闹，后来弄得老师都不肯来上课。结果学年结束，别班同学升入二年级，我们班却被打散，分入新招生的一年级各班。母亲本想让我早一年入学，没想到还是七岁读一年级。

新居的地址是石鼓路二百九十二号。那其实是一个坐北朝南的多进大院落，里面住着几十户人家。临街面凹进一块，种着几棵高干冬青。第一进是非中非西式的二层楼，坡屋顶，临街的二楼开着一排半截窗，楼下却用板壁全部封起，只留下三个单扇门。两边的门里是人家，中间的一扇才是进后院的通道，通道两边隔出住房，所以终日昏黑，必须开着电灯照路。穿过这一进，豁然开朗，短巷后则成了规范的中式院落，迎面高大的粉墙，中间用青石砌成门框，上有砖雕门罩，下有半尺高的青石门槛，两扇黑漆大门上装着黄铜铺首。门内天井也是青石铺地，正房一排十二扇格扇门，天井两侧有边厢。西边厢旁有一个小门，通向侧院，侧院南北两端各有两间西式平房，南端的两间大些，当中用板壁隔开，西边住着医务室的医生一家，我们家就住了东边一间，有小门与天井西侧的小边厢相通，那边厢便成了我们家的厨房。父母感觉这回该可以安居了，才从下关把几件家具搬过来，一张铁架子大棕绷床，一个五斗橱，一个带镜子的梳妆台，一个小方茶几，因为长时间浸泡在水里，都留下了约半米高的水渍印迹。

这侧院北端，两房之间有过道，通向北面的小巷，小巷尽头是一条横路，已在第三进房的后面。横路北即是机具施工站的厂址，正门开在汉中路上。这单位不久并入了省建五公司，后改名机械化施工公司。厂内空地上停着许多叫不出名的大型机械，东边有一座小洋楼，作为公司的办公室。父亲是会计，也在这楼里办公。小巷西边，有汉西门大街一家饭馆的后门。现在想来，这组建筑主体是清代的，临街的二楼和我们住的侧院应是民国年间加建的。

正房东侧也有一条隔弄，通往后院和第三进房。后院比前院天井大，东院墙上有一个青石镶边的月洞门，通往东边的大院落。那院中有十来棵合抱粗的大树，一个半干的水池，早先应该是大户人家的花园。院中的一口井，一九五八年淘井时，发现了一把军刀，两支步枪，一堆子弹，公安人员来都收走了。围观的人说淤泥里还有金砖、金戒指，淘井的人坚持说没有。我们一班大孩子在淘出的淤泥里翻，只翻出些碎瓷片。

这花园院落，南面临街都盖成了上铺板的门面房，或开店或住家，北面则盖起了一组红砖平房，作为职工宿舍。它东面的一个大院落，也属于机具施工站，前两进打通了，改造成礼堂，职工开会、政治学习、逢年过节演文娱节目都在那里。一九五八年礼堂一度做过吃饭不要钱的大食堂，邻街处即是厨房，黑漆大门成天敞开着，似乎不断有小板车、三轮货车朝里面拉粮食、鱼肉、蔬菜。每天中午我领着大妹妹，一人抱一个钢精锅，去食堂打饭菜，回家带小弟小妹吃。母亲本来在家带孩子，就是那年被拉去大食堂帮厨，后来大食堂散伙，便留在幼儿园当老师，算是参加了革命工作。礼堂后的第三进便是幼儿园、医务室、小卖部等，还有个小图书室。暑假里父亲借了《水浒》《三国》《西游记》给我消磨时间，我也曾用父亲的名义去借书。

据说石鼓路就得名于沿街的石鼓，也就是大户人家的门当。印象中路北一侧似乎都是深宅大院，不过当时已经看不到几家有石鼓。大食堂东面的黄家，是典型的徽派建筑，北、东、西三面跑马楼，所以南墙也砌到二层楼高，环绕着"四水归堂"的天井，天井中青砖上布满绿苔，进出只能顺着阶沿石走。我的一个小学同学是黄家的长房长孙，那高墙深院中只住他们一家人，平素不与外人来往。四年级时老师要求同学们放学后分组集中做家庭作业，我们那一组便集中到黄家。黄家的房子不光大，而且好看，格扇门上都雕着小人、鸟兽、花卉。本来我在课间十分钟就能把家庭作业做完，为了去黄家玩，有意把作业留下回家做。几个小同学在一起做作业，难免互相讨论互相抄。老师并不是不知道，但老帅的目的，只是要学生多练习一遍，并非要让他们为难，所以大家的作业都完成得很好。

二百九十二号已近石鼓路尽头，再向西只有两家，一家豆腐店，再一家杂货店已在与汉西门大街相交的转角。街对面原是一家小茶馆，不知哪年歇业，房里闲着几张八仙桌和长条凳，后来隔成小间分租给人家住了。茶馆西面是一家卤菜店，主要卖盐水鸭，特别是秋天的桂花鸭，香气都弥漫到街上来。不过那时我们家经济困难，一年也吃不上几回鸭子，倒是妈妈时常让我去打老鸭汤。一小锅老鸭汤只要一分钱，烧出的萝卜，能把下巴壳鲜掉下来。

石鼓路西口，只隔一条汉西门大街，正对汉西门瓮城。从城门口到汉西门大街的路两边，搭建成了乱糟糟的棚户区，竹笆、芦席、油布，黄黄黑黑，但一样每天按时冒炊烟，他们的孩子有些就是我的同学。最令我惊讶的是，一位女同学就住在城门洞里，把东、西两面遮挡严了，房里还真是冬暖夏凉。而稍往北，四眼井的西边，就是一个私家大宅院，老远就能望见门楣上挂着的白底黑字牌匾，"四松园"三个大字端庄敦厚，隔着竹篱墙，隐约可以看到里面的花木。那是一幢中式结构的两层楼房，以前是茶酒楼，所以格局很大，临街一面都开着排窗。园主人姓夏，据说夏家老弟兄三人，总是生儿子，只生得一个女儿，"三房合一个惯宝贝"。这女儿也是我的同学，在班上没有一点小姐脾气，学习成绩又好，几乎年年当班长，是当之无愧的"班花"。我一直很奇怪，那园子里好像没看见松树。有一次，夏家为老人做佛事，请了十来位和尚。因为是夏天，晚上把排窗都打开了。我们凑近去看热闹，房里居中排了香案，供着佛像，灯火通明，香烟缭绕，僧人披着金碧辉煌的袈裟，在一排排立柱间游行，真是大气派。

四眼井现今还在，四松园早已被拆平，盖成了新楼。当年沿着四松园的北面转过去，就是汉西门瓮城的北墙，向西直走到底，则是都城的西墙，转向北行可到西洋式的汉中门。就在那城墙交角处，是一个粮站，我小时候买米、打油都在这里。一回回围着城墙走来走去，常会想城墙后面不知什么样，但始终不得其门而入。

从石鼓路口朝南，印象中就是个大菜场，满街挤满了菜摊菜担，买菜卖菜的熙熙攘攘。每天早晨上学，就是从菜市中钻过去，中午放学时还蛮热闹。下午放学时，才能看清汉西门大街的模样，街东一排是前店后家的小商铺，其中陈家杂货铺的小主人也是同学，一直是班干部。隔邻理发店王家的孩子，则不太爱学习。街西是那一带门面最大的供销店，因为门前有三层石阶，都叫它"高台坡"。那店可能有国营的背景，当时计划供应的烟、酒、盐、酱油、火柴等，都须凭票到它家去买，所以与它打交道的机会最多。

南行经过陶李王巷，转入柏果树，到堂子街口就是罗廊巷小学。学校的操场在前，穿过操场是几排教室。操场是土地，一下雨泥泞不堪，老师就紧张地守在校门口，让同学们沿着墙边走，免得把操场踩烂了，天好也没法上体育课。学校有一个后门，通向陶李王巷，离我们家比较近，但平常都不打开。这一段路程，对于小学生已不算近。尤其是一九五五年一月，接连下大雪，大人们从雪中铲出一条路，我们走在路上，两边的雪堆高过人头。老师也担心，放学时让同学手拉手串成一排，由她牵着走，到一家门口放下一个，还是不断有人滑倒，也有人是故意滑倒了好玩。家家屋檐下，都挂出一二尺长的冰凌柱，我们用竹竿敲下来，落在雪堆上没折断的，便成了我们的佩剑，在阳光下舞得晶光闪闪。

罗廊巷小学的东邻，是大大有名的堂子街太平天国壁画馆。记得刚刚维修好，老师就领着我们去参观，那房间里黑乎乎的，壁画也不鲜艳，我是什么都没看明白。堂子街东接朝天宫西街，尽头就是朝天宫了。朝天宫的棂星门终年不开，但门前的石阶沿任由孩子们当滑梯玩，青石板上硬是溜出了两道屁股槽。

朝天宫

最让我感兴趣的是学校西边的柏果树。一家园子里，有两棵高耸入云的银杏树，听老师说，抗战期间两棵树都死了，新中国成立后有一棵却枯木逢春，而且年年结果。当时我并不理解那对社会清明的象征意义，只晓得冬天可以到树下去寻落下的银杏果，放在炉边烤熟了吃。没过几年，那棵银杏树还是死了。三十年后读太平天国史料，知道天国定都之初，有江宁廪膳生张继庚与清军统帅向荣相约为内应，事不成而身死。据王东培先生说，张继庚家住在柏果树，那两棵高大的银杏树，就是张家房后的。

柏果树这个地名，害得我许多年里，都误以为银杏也可以叫柏果，其实是又名白果。

搬到石鼓路后，我的世界大大扩展，满眼新鲜事物。比如每天上午和下午，有两次马拉的垃圾车来收垃圾，马蹄在弹石路上踏得嗒嗒响，车夫懒散地摇着铃铛。我便积极地去倒垃圾，其实是看马和马车。路上偶尔能看到卡车，多的则是人拉的板车。放学回来的路上，常看到拉车人就坐在路边吃午饭，打开荷叶包的猪头肉，喝几口白酒，啃两个大馒头，看得我肚子更饿得慌。

到了一九五八年，满街上有白墙的地方都画上了壁画，

"粮食大丰收，钢铁放卫星，肥猪大过象，高炉似森林"。我们也要为大跃进"做贡献"，每周两节劳动课，人手一小锤，任务是把拆下的城墙砖敲成三合土铺地。没敲几下，一个个小手心都磨起了泡，女同学开始掉眼泪。后来老师请了工人师傅指导，原来小锤不能捏得太死，要让毛竹柄悠起来，锤力大还不磨手。老师趁机宣传知识分子要向工人农民学习的道理。水西门到汉中门之间的城墙，就这样化为了社会主义的铺路石。出力之外，还要捐物。全校开大会号召师生捐废铜烂铁，支援"钢铁元帅升帐"，超英赶美。有积极的同学连做饭的铁锅都捐了去，受到老师表扬。母亲只许我们带炉灰到学校去做细菌肥料，让我总觉得灰溜溜的。然而不久，吃饭不要钱的大食堂散了伙，家长让同学向学校要锅，哪里还要得回来。

接下来的日子过得特别艰难，汉西门大街上的菜场消失于无形，凭政府发的菜票也只能买到"飞机苞菜"和胡萝卜。虽然发有豆制品票，但不能保证供应，所以家门口的豆腐店天天清早排长队。供应越紧张人们就越恐慌，有人半夜就开始排队。因为父母白天还要上班，不能不睡觉，常常是我夜里三四点钟起来排队，到五六点钟母亲来换我回去再睡一会。

同样贫乏的还有精神生活，除了看课外书，只能听听邻居家的收音机广播。记不清哪一年了，每天中午连播王少堂说的扬州评话《武松》，因为发现与《水浒》不一样，所以我每天中午都守在人家门外，听完了才去上学，课间还得意扬扬地转述给同学听。再就是建邺电影院，寒暑假有学生专场电影，五分钱一部，可以选看两三部。

五年级时我们换了语文老师。虽然班主任提醒我们，说她是因为丈夫戴了右派帽子从中学下放来的，"地富反坏右"都属阶级敌人，但这位徐老师课讲得特别好。我到四年级都写不好作文，徐老师一教就会了。她鼓励我们多看课外书，多读世界名著，第一次有人对我们讲起托尔斯泰和莎士比亚。我也就理直气壮地放学后不回家，溜到文津桥边的旧书店乱翻书。小学毕业时，徐国华老师送了我一个小日记本，扉页上写了半句话："青，取之于蓝……"

一九六一年我考入莫愁路上的第五中学。那几年初中生活，真有点浑浑噩噩，所以现在高中与小学的同学都有来往，初中同学连一个都不记得了。至今尚有印象的，是当年已退休的副校长周俟松女士，年过花甲，常常清早站在校门口迎候学生，胖乎乎的脸上，总是带着慈祥的笑容。后来知道她是《落花生》作者许地山的夫人，就更多了一份尊敬。

一九六三年春节，南京市越剧团首演《莫愁女》，莫愁路沿街贴了许多宣传海报。两位编剧张弦和张震麟的名字十分醒目，尤其令五中的同学兴奋，因为张震麟就是五中的语文老师。虽然张老师没有教过我，但他毕竟和我们同处一个校园啊。不久，张老师喜结良缘，晚上在学校办公楼里举办婚礼，我也赶去看热闹，周校长还抓了喜糖分给同学们。

当时再也想象不到，日后我会与张弦在江苏省作协成为同事。

新街口

一九六四年暮春，我们家搬到了新街口附近的沈举人巷六号。

石鼓路的住房不到二十平方米，我们姊妹五个渐渐长大，父母就巴望能换个大点的房子，可单位里的宿舍十分紧张，根本没法解决。忽然听说新街口有房子空出来，两人中午下班就赶过去看，是一幢小洋楼的底层，坐北朝南，阳光充沛，三十四平方米，门前还有个小花园。这么好的房子怎么会没人住？一打听，原来是房下发现了水牢，把原来的住户吓跑了。母亲说，我们家人多，火气旺，不怕！下午就跟单位里要下了这房子。

洋楼、花园加水牢，令我对这新居无比期待。父母下班后忙着收拾打包，我也主动帮忙。其实并没有多少可收拾的，也就是用被单包起换洗衣服，用网兜收拢日用器具。星期天，父亲从单位里借了辆小板车，比画着把几件家具分成两拨，邻居们帮着搭手，很快装好一车。父亲掌把，我背纤。宽宽的帆布背带上肩，心里顿时涌出一股自豪感，觉得自己是个男子汉了。好在路途只得一公里吧，两人走走歇歇，不过半小时就到了。卸下家具返回，虽然妈妈早晨破例炒饭给我吃，但肚子还是饿得厉害，见到管家桥口有小摊贩卖黑乎乎的山芋面饼，便馋涎欲滴。父亲看出来了，花一毛钱买了巴掌大的一块，分了一大半给我，我三口两口就吞下了肚。父亲便把他的一份又分出一半给我，我想到父亲也会很饿，怎么都没肯要。回旧居吃了午饭，剩下的零零碎碎又装了一板车，母亲带着弟弟妹妹跟在后面，一家人浩浩荡荡，就这样搬进了新家。

沈举人巷六号是一条南北巷道，与东边四号院之间有隔墙。巷口一幢两层西式楼房，后院有一排平房，门牌六号之一。其北是一个小院落，前后两排平房。再向里走，迎面一道长竹篱，篱上爬满牵牛，开着粉红的花。推开篱门，有砖砌小道通向L形排列的两幢二层小楼，西边一幢坐西朝东，前有砖砌门廊，二楼北侧是个大平台。北面一幢楼红门红窗，清水砖墙面，门前有一平方米的水泥平台，两层台阶，便是我们的新居了。楼东边一排四间平房，房前有走廊，走廊尽头是一个公共厕所。

我们家的房间格局很怪。过了好久我才弄明白，原来这幢楼的底层，当初就是个大客厅，客厅的后半是抄手楼梯，在西侧转上二楼。现在楼上另住人家，便用板壁把西侧的楼梯隔给二楼用，客厅和东侧的半截楼梯另做一家。父亲在楼下拉起一个布帘，隔成东西两间，连楼梯间就成了三个房间，在我们家已是空前的宽敞。

所谓水牢，就在抄手楼梯下面，顶上有个一米见方的大木盖，临客厅的墙上还有两个书本大小的木门。据说是夜里打雷把这小门震开了，前主人看见里面水波粼粼。当时正宣传四川大地主刘文彩"罪恶的地主庄园"，罪恶之一是把欠债的农民关入水牢，直到冤死。旧社会能住这洋楼的自是达官显贵，水牢里没准也有冤魂！当时报告了派出所，所里也疑有敌情，派人下去打捞，可除了水什么都没有。我的小床就贴着小木门，暑假里坐床上看书，无意中把木门拉开了，发现凉风习习，以后就常开窗乘凉。四十年后，我才懂得，民国建筑中确有在房中置水窖的设计，功能就是调节气温，与传统建筑在堂屋里打井的作用一样。

我们院子的竹篱，没几年就被拆掉了，院子当中盖起四间平房，住进两户人家。"文革"期间，这平房的东头又盖起了两间平房。渐渐地，就成了一个大杂院。我们家的门牌，也就从六号之四、六号之五直改成六号之十。

"文革"中听说，沈举人巷北侧，自东向西，一排六幢这样的小楼，都是张治中先生的产业，后来上交给了国家。张先生自己住的一幢，则在路南，二十世纪八十年代成为南京电大的办公楼。当时沈举人巷中，几乎都是这种两层洋房。西头的几幢，还有独立的围墙院落，据说做了银行职员的宿舍。前几年为"张治中别墅"被擅自改建的事还起过一场风波。现在都知道颐和路是公馆区，其实沈举人巷一带当年也是公馆区。诗人赵恺早年住在沈举人巷四号，他印象中周边都是各具一格的小洋楼。这些房屋的建筑质量应该很好。我们住的那一幢，半世纪前已经被宣布为"危房"，然而直到如今，那房子还稳稳地立着。

沈举人巷北面的明华新村同样是民国公馆区，院落保存得更为完整。沈举人巷后街是上海人称为石库门的连排民居。南边的双石鼓，街道两侧则是传统院落。双石鼓南面就是汉中路了，当时商家不多，相当冷清。沈举人巷西头接大铜银巷，是一个很陡的上坡，两侧大树浓荫，夏日雨后，路边流水潺潺，波光粼粼，路名即由此而来，只知为什么不用"洞"而用"铜"。过上海路向西还有小铜银巷。我去五台山，去汉中门，总喜欢走这条路。大铜银巷西口的金陵神学院，对我是一个充满神秘感的地方。这神秘在"文革"中被打破，红卫兵将学院中收藏的珍贵神学图书，布面、皮面压花烫金的精装大本，堆在草坪上焚烧，神父们被强令穿起红色祭服用木棍通火，一个个熏得狼狈不堪。我因出身不属"红五类"，没资格参加红卫兵，听到消息去围观，真有些心疼那些华丽的书。

沈举人巷在"破四旧"时被改名"沈举巷"，让人莫名其妙，直到"文革"结束后才改回来。父亲提起这事就感慨。

沈举人巷东接管家桥，则是平民的世界，粮站、菜场、酱园、煤基厂、裁缝店、杂货铺、老虎灶、过年时舂米粉的作坊，都在这条小街上。路西侧的房屋多半低矮老旧，有的能依稀看出早年的院落格局，其间小巷逼仄，曲里拐弯，外人轻易不敢涉足。探究这些小巷成了我的一种乐趣，没有一条小巷是走不通的，区别只在于有的弯绕，有的便捷，有的甚至要从人家院落中穿过去，而居民若无其事地看着你推前门进、开后门出。二十年后我会走遍城南的老街旧巷，可以说就是由此肇端。发现一条新路就想走一走，看看能通往什么地方，最终成了我的一种生活态度，读书如此，写作也如此。

管家桥路东侧，北段也是些老旧院落。中段是胜利饭店（即福昌饭店）、新华日报社的齐整围墙。胜利饭店后门外每天都会有泔水车守候，冬天还好，夏天的腐臭令行人掩鼻。新华日报社正门在中山路上，门旁是一排带遮阳棚的阅报栏，每天清晨有人及时换上当天的报纸，我们放学经过时会扫上一眼，看到感兴趣的标题也会站定细读。报社南面围墙正对着世界剧场，剧场门前的小路连通管家桥和中山路，路口一度横着"世界剧场"的霓虹灯门头。后来世界剧场改建成了延安剧场，大门仍朝北开。

延安剧场东侧的老广东菜馆，正门临中山路，街对面便是大三元和六华春。尽管生活境况比前几年明显好转，这种灯红酒绿的饭店对我们来说还是高不可攀。大三元旁边有一家名为苏厨的国营卤菜店，每月发了工资，父亲去那里买点卤菜，猪耳朵、叉烧或酱牛肉，已让小姊妹们兴奋不已。专做西服的李顺昌不说了，就连糖坊桥口的曙光理发店，我都没有进去过，总是让走街串巷的剃头挑子剪个"马桶盖"。至于洗澡，一年有十个月都是在家里洗，一人洗澡别的人都得避到院子里。冬天可以到父亲单位的浴室洗，虽说要买五分钱的澡票，也算是一种职工福利。

中山路东侧那一片商家中，我打交道较多的只有华东文化体育用品商店，当时还是胡小石先生写的店招，让我早早记住了这位前辈学者的名字。店里的英雄牌蓝黑墨水质量很好，练习本的纸也比别家白净。考上金陵中学高中后，父母还给钱让我在那买过一副镀克罗米的圆规，算是奖励。此外就是在胜利电影院看学生场的电影了。胜利旁边的小巷中还有一家百花书场，从门前走过能听到里面说书人敲惊堂木，或者唱戏的锣鼓咚锵。

中山路西侧的标志性建筑是新街口邮局，上台阶后的门廊里，一边放着一张小条桌，桌后各有一位老人正襟危坐，桌上放着墨盒、毛笔、钢笔和信纸，贴着"代写书信"的标签。那是曾令我仰望的一种职业。吸引我的还有大堂里的自动售邮票机，看人家把硬币投进去，就会有邮票出来，四分、八分决不会弄错。但我从来没试过，因为我们家没有信可寄，不是外地没有亲戚，而是早已不敢交往。邮局的后面，也有一片民国时期的里弄建筑。邮局北侧的大中华照相馆，橱窗里常常陈列着艺术人像，是那个时代的时髦，一九六六年改名南京摄影图片社，曾经发行过一种照片年历卡，几分钱一张，很受学生欢迎。

当年的新街口广场，可以说相当宁静。孙中山先生的铜像高高地矗立在广场中央，周围来往的汽车、电车不多，畅行无阻，很少按喇叭。四面的林荫道浓密如盖，夏天行人就像走在廊道下，晴天无须戴草帽，短时间阵雨都不用打伞。冬天树叶落尽，视野尤广，东望紫金山不说了，天气晴朗时，竟可以看到长江北岸老山的轮廓。

其时中山东路口的工商银行和中国银行，汉中路一号的工商银行南京市支行营业部，一九六二年开办的拍卖行新街口贸易信托商店，难得看到有人进出。就连新街口百货公司，除了星期天也没有多少顾客。新百的文化用品部是一幢独立建筑，主要是对公服务。直到"文革"后期，南京的小姑娘结婚，买衣料选服饰，还是要去"老牌子"的中央商场或夫子庙永安商场。

新街口也有喧闹的时候。每逢"五一"或"十一"游行集会，广场中间，环绕着孙中山铜像，就会搭起一座宫灯式的高大检阅台。省、市领导人在检阅台上，可以四面环行。游行队伍到了检阅台前高呼口号，我们在家里都能听得到。看游行也是那个年代难得的娱乐，但须由各单位组织"革命群众"，事先进入规定地点观看。非"革命群众"往往想钻小街小巷越过封锁线，但他们的企图总是以失败告终。待到口号喊完，游行结束，观众星散，检阅台拆掉，新街口便又回归了平静的日常生活。

中山东路上，人流量较大的是洪武路口的工人俱乐部和工人电影院，每年都有几次机会可以跟父亲去看电影或演出。那附近的南京无线电商店，展示过最早的国产黑白电视机，有一张写字台那么大，但屏幕还不到六分之一。这玩意儿激起我强烈的好奇心，无从想象它打开时会是什么情景，便常常跑过去看。然而直到我下乡插队，也没见它打开过。

中山南路上的热闹地段，是大华电影院和中央商场，拐上淮海路又有中华剧场。中央商场的建筑很有特色，临街并排两个西式大门，两门之间的店面，经营茶叶和食品糕点，还有新华书店和邮政所的小门面。进门一个小广场，迎面一座八字形砖砌楼梯通向二楼，楼梯两侧有门通向一楼店堂。店堂分三条中轴线，中间一线的上方是挑空的，屋顶有高大的天窗采光通风。所以我们都喜欢跑上二楼，扒着围栏朝下望，不同的视角，人与物都有变形的感觉，连声音都不太一样。这种建筑形式可能是借鉴了西方教堂的设计，但对于商场来说，除了新奇，看不出有什么实际的好处。中央商场街对面的新街口菜场，是南京的一个形象窗口，品种丰富且新鲜，价格也不贵，周边的人都亲切地称它"大菜场"。逢年过节，或者家里来了客人，母亲也会到这菜场去买菜。菜场的临街门脸辟出一块开设三星糕团店，最普通的马蹄糕都让我们馋涎欲滴。再往南，明瓦廊口有座手工业大楼，内设工艺美术服务部，也是我喜欢逛的地方，在这里认识了南京和各地的多种民间工艺。菜场北面，丰富路北口是同庆楼菜馆，旁边有家文物商店门市部，展示的则是一种令人崇仰的美好，我艰难地辨认标价牌上的文字，努力理解器物与名称的对应关系。我后来会热衷于搜集古钱、铜镜之类，应该是这时播下的种子。

新街口广场周边，中山路与汉中路相交的西北角，与另外三个角截然不同，完全是另一个世界。直到"文革"结束，那里还有两个小水塘，沿塘边搭盖起的棚户区，便是有名的摊贩市场，那个街角常年竖着几块顶天立地的宣传广告牌，以保障市中心的美观。摊贩市场里无奇不有，各种日用器具，旧货估衣，任人拣淘。挑高箩收旧货的人在这里出货，小偷毛贼也在这里销赃。条件最好的连家店，后边住人，前边摆摊、开作坊，多数小贩则是架块木板或竹笆作货架，最差的就在地上摊张报纸卖点小零碎，或者一只小簸箩装些碎布针线替人缝缝补补。我在长篇小说《城》里就写过这种缝穷的姑娘。最有趣的是几家旧书店，从线装古籍到学生课本、有名无名的字画碑帖，让我大开眼界。摊贩市场周围小路四通八达，所以困难时期的粮票交易黑市在这里，倒换银圆金饰外币在这里，"文革"初倒卖毛主席像章也在这里，公安人员曾组织过几次大围剿，但总是有人漏网。

摊贩市场西边的工人游泳池，是与周边环境格格不入的设施。我们宁愿跑远点去五台山游泳池，也不在工人游泳池办证。摊贩市场朝北，延安剧场西侧的立新五金交电贸易信托商店，"文革"中成了无线电元器件的交易市场，也承续了摊贩市场的传统，店外的私营小贩拎着个人造革黑包，生意比店内还红火。尽管随时有可能因"投机倒把"罪被抓捕，铤而走险的小贩仍前赴后继。改革开放后这一片被改造成招商市场，是南京第一个个体户创业基地，据说也是全国第一个面向个体户的正规商场。

一九八〇年，摊贩市场和工人游泳池拆迁，建起了三十七层楼的金陵饭店，是那时当之无愧的中国最高建筑。饭店开业之初，周边是用竹篱围护的，临汉中路一边，常常可以看到当年的老居民，扒在竹篱上指指点点："我们家，原来就在那块！"

"三层楼"

一九六四年秋，我考入南京市第十中学，即现在恢复旧名的金陵中学。我在那里读到高中二年级，这也就是我的最高学历。此后"文革"爆发，停课造反，辍学插队，返城进厂，再没有进入学校深造的机会。金陵中学是我人生命运的重要转折点，所以印象特别深刻。

金陵中学，是金陵大学附属中学的简称，其校址就是金陵大学初创时期的校园所在。记得开学第一天，在钟楼前南操场举行开学典礼，校长告诉我们，这所学校已经有七十六年的历史，再过二十四年，就会迎来它的百年校庆。对于时仅十六岁的我们，二十四年是一个无法理解的遥远未来。然而弹指之间，我们不但欢度过了母校的百年大庆，且已在迎接母校的一百三十周年诞辰。纪念册和校友录，印了几大本，我的名字也被印在了校友录上，成为金陵中学的一点历史痕迹。虽然一向爱读史书，但读着这样的史册，难免产生韶华流逝的悲切。

建于一八八八年春天的汇文书院钟楼，是金陵中学的起点。初建时钟楼主体建筑三层，中部的钟塔总高五层，是南京的第一幢"洋楼"，矗立在全城明清风格的建筑群中，十分醒目。当年南京人说到"三层楼"，就是指这幢地标性建筑。但是我们看到的钟楼，主体已只有两层，钟塔总高四层。这是因为一九一七年九月不慎失火，复建时将原第三层部分改为阁楼，屋顶也改为四坡顶，铺水泥方瓦，并利用陡峭的斜坡屋面，四面开设了六个老虎窗，窗与窗之间有壁炉烟囱。

钟楼的建筑体量不大，立面造型灵动，清水砖墙面，在勒脚、檐口等处有精细的装饰线脚；木构屋架，室内满铺地板，拱券形窗户，外罩百叶窗。南面正中的门廊，东、南、西三面开拱门，但只有南门有青石台阶可以上下。顶层钟塔内悬巨大铜钟，敲响时全城都可以听到，敲钟的绳子直垂到一楼。我们上学时，钟楼是校领导办公室，也是全校的指挥中心，钟塔下的二楼中部是广播室，上下课的电铃按钮在一楼。停电或有重大事件时，就会敲响大钟为信号。"文革"中钟楼也被红卫兵占领，我因此有机会直攀上顶层，察看悬挂大钟的构架形式。二十年后，看到电影《巴黎圣母院》中的钟塔内景，遂有似曾相识之感。

与钟楼同年建造的是小礼堂，原是基督教美以美会礼拜堂，我在校期间被作为音乐教室。小礼堂位于钟楼东面，砖木结构，人字形屋顶，中脊南北向，东、西墙面外各有六个砖砌立柱，柱间开拱券形窗。南端的门厅，东、西两面开拱门，门前有青石台阶；朝南不开门，砖砌拱形窗框，窗框间的两扇窗又各做成拱形。门厅上方的山墙上有一扇圆形玻璃窗。小礼堂内部仍保留着教堂的格局，我们入学后还曾演奏过宗教音乐。因为金陵中学教职工中有一些基督教信徒，学生中也有不少金陵神学院神职人员的子女。有次放学后听到小礼堂里传出的音乐，悠扬动人，与听惯的革命歌曲大不相同，几个同学就溜进去看，里面的气氛使我顿生神秘感。但班主任上课时强调，小礼堂里有时举行宗教活动，同学们不要随便进去。

二〇一六年三月初，北京藏书家韦力先生来南京寻访汇文书院旧址，我陪他去了金陵中学。看到钟楼已是全国重点文物保护单位，他颇感意外。但小礼堂就没有这么幸运，在金陵中学建筑群中是较早被拆除的。近二十年间，在"老城改造"狂潮的席卷之下，校内历史建筑竟被拆除大半，令人不无遗憾。

我们的教室在东课堂。东课堂位于小礼堂的东边，也是学校最东面的建筑。金陵中学校舍由美国建筑师设计建造，风格统一，都以青砖砌造，外墙不作粉刷，局部采用青条石窗台、勒脚与台阶。沿着校园东西向主干道，钟楼以西还有口字楼、图书馆、西课堂等，都建于一八九三年。东课堂是四层楼房，同样砖木结构，顶层为阁楼。四面坡屋顶，铺波形铁皮瓦，刷柏油防锈，南北各有老虎窗四个，壁炉烟囱八个，东西各有老虎窗一个。这建筑的设计很有特色，一楼的东、西、北门，平时是关闭的，因为化学、生物实验室都在一楼，为保证安全，非安排做实验的学生不得入内。学生进教室只能由南门直接进入二楼。南门底层是三面坡宽大青石台阶，上登十级，进入门廊，两侧砖砌方柱，三面开拱券门，但东、西门不通行，有石护栏相隔，北行有楼梯可通二楼和三楼。我们教室在三楼东南角，从早晨起就阳光灿烂。到了夏天，窗外高大的法国梧桐正好遮阴。

东课堂四楼常年关闭。"文革"中红卫兵打开阁楼，发现楼上还保存着一九五七年的大字报，一卷卷落满了积尘，其时也没有人过问，遂被当作垃圾扔到楼下。我曾翻看过一些，有前期教师学生"大鸣大放"的，也有后期"反击右派"的。其行文用语，比起"文革"大字报要温和雅驯得多。不知道学校怎么会一直保存着这些大字报。"文革"中的大字报如浪潮汹涌，毛竹芦蓆搭的大字报栏夹道而立，仍不敷使用，前面贴上的糨糊未干，就有被覆盖的危险。大家都在自己的大字报上标注"保留三天"，但谁也不拿别人的声明当回事，以至有因争大字报栏引发武斗的。芦蓆棚上的大字报越贴越厚，会像陈旧墙皮样剥落，便有捡拾大字报当废纸卖钱的人，趁夜间卷捆而去。这行当虽然不需要本钱，但如不慎惹恼了某造反组织，也会被扣上"破坏无产阶级文化大革命"的罪名，轻则挨顿揍，重则遭关押。

金陵中学其时已属南京数一数二的名校，当然不是因为校舍与校史，而是名师众多。印象中最年长的是向培豪先生，教我们数学课，他的门牙已经脱落得只剩一颗，被同学们戏称为"喝汤老师"。向老师讲课十分生动，定理公式例题，经他解说，不但令人记忆深刻，而且能够灵活运用。语文老师有宋家淇先生、傅毓衡先生、吴绪彬先生，吴老师讲解课文不用说，更重要的是教给我们读书的方法。我后来能以自学立身，就是这时打下的根基。宋老师没有教过我，但他在学校里非常有名，一方面是课讲得好，一方面是他头上戴着顶"现行反革命"的铁帽子。其原因，是他在一九六〇年代初曾经参与家族中"重修反动家谱"的活动，并新拟五言十句共五十个班辈用字。这一"罪行"长期在朝天宫的"阶级斗争展览"中展示，与据说是解放前地主煮死农民的大铁锅放在一起，使得宋先生在十年浩劫中吃尽苦头。金陵中学百年大庆时，宋先生尚健在，有《钟楼词十二首》为贺，其中《采桑子》一阕："三层楼上干河畔，吾学于斯，吾教于斯。几度沧桑，拍手太平时。"心态是十分宽和的。"干河"，即金陵中学北墙与广州路之间的干河沿。傅老师也没教过我，但他所著的《袁枚年谱》，是我后来研究袁枚的入门之书。教政治的吴生机先生，同学们私下叫他"吴大嘴"，主要是因为他思维敏锐敢说话。他订了一份《参考消息》，常在课堂上讲些国际新闻，让我们大开眼界，也使当年刻板的政治课多了些生气。

另一位印象深刻的老师是夏国炯先生，他是校图书馆的负责人，胖胖的，说话曼声细气，待人十分温厚。大约因为借书还书跑得勤，给夏老师留下了印象，一九六五年暑假他安排我在图书馆勤工俭学，任务是修补旧书。夏老师手把手教我们几个同学如何整理书页，如何裁纸、抹糨糊，眼看着一本本卷角凌乱的旧书精神起来。工作一个月，除了领到有生以来头一回的劳动所得，更享受了随便借书的愉悦。开学以后，我还常常得以进入小书库挑书。高中两年，图书馆中的外国小说我差不多都翻过，不过当年能看到的，主要是苏联和东欧国家的作品，西欧的就很少了。

金陵中学的校园之美，在南京首屈一指，被誉为"花园式的学校"。进入校门，东西主干道两边高大的悬铃木，浓荫如盖。每幢建筑周围都有多种花木环护。现在只有钟楼一片，还可见旧时风貌。东课堂和小礼堂之间，曾有一个几何图形的花圃，主要种的是侧柏。当年各种树木都挂有名牌，对学生认识大自然很有好处。

校舍建筑主要分布在主干道南侧。钟楼以西是图书馆，上下两层，一楼门廊前两根砖砌圆柱、两根砖砌方柱，支起三座拱券门，门上方是带围栏的小阳台。进门右边是阅览室，左边是借书处和小书库，楼上是大书库。阅览室的窗户内有窗帘，外有百叶窗，隔热效果很好，盛夏里也有几分凉意。图书馆建筑尚存，但在拆除口字楼建曹隐云科学馆时，被整体北移了十几米，内部格局也完全改变了。口字楼四面环围呈口字形，东西两面有拱券门出入，是住校学生的宿舍楼，砖木结构，上下三层，楼下是食堂，二三楼是寝室。口字楼西门对着两层楼的西课堂，是初中班的教室。西课堂的西北是教工宿舍，且有一个后门，通向豆菜桥。

那时学校正门已经南移到高家酒馆十号，即现在面对中山路的位置。校门东北的地块是学校的植物园。金陵大学林、农与文、理并重，所以金大附中会有一个植物园。植物园的东北角，就是建校之初临干河沿的老校门，虽在二十世纪五十年代已经封闭，但旧迹犹存。我们进校后不久，植物园就被强占去建了南京市教师进修学校。植物园的西边是北操场，当时是一片绿茵草地，用树木隔成东西两片，辟为小足球场，放学后常有同学自发举行足球赛。金陵中学虽不招体育特长生，但学生体育运动水平之高全国有名。民国年间，金陵中学的足球队远征南北，同学们戏称足球为本校的"校技"。暑假中温湿相宜，草长得很高，开学后校工会推着剪草机剪短草茎。我第一次认识了剪草机，还向校工学会了使用。北操场的北侧，是并排两条平房，也是初中班的教室。

校门东南面，有一个小苗圃，是为植物园和校园绿化提供苗木的。植物园消失后，苗圃也被改建成了自行车棚。东课堂的南边是新建的大礼堂，学生聚会、文娱活动主要在这里。大礼堂西边的南操场，是规范的体育场，有三百七十五米长的环形跑道，仅次于五台山体育场跑道。学校每年举行运动会，各班级都积极筹谋，力求好成绩。记得百米短跑的校记录达到十秒七，还曾举行过五千米和一万米长跑比赛。南操场东端有两个篮球场，西边是建于一九三四年的体育馆。这也是全校师生的骄傲，下雨天照样可以正常上体育课。此后数十年间，全市中学仍只有这一座室内体育馆。体育馆坐西朝东，砖木结构，室内可以看到三角形木屋架，屋顶覆波形铁皮瓦。入口处的门廊，开三座拱券门，四周墙壁有高大的拱券形窗户，山墙顶端的三角面也是玻璃窗，所以采光良好。室内满铺地板，有篮球场、乒乓球台，也有单、双杠。

校园北墙外的干河沿，是南唐建都金陵时都城北面的护城河。我们在校时还有一条两三米宽的大水沟，有涵管穿过中山路通向北门桥。校园北边地名小粉桥，西边地名豆菜桥，南边地名管家桥，让人犹可想见当年选址时的三面环水、绿茵如画。

大厂镇

　　一九七五年十二月三十日,薄暮时分,一辆大客车把我们载到了南京钢铁厂中板车间。这意味着我们八年农村插队生涯终告结束,从此刻开始,我们返回了家乡南京,成为一名国营工厂的职工。

　　夜幕降临得很快,刚刚经过的厂区不知不觉间已消失在黑暗中。负责接待的车间干部给我们分配了宿舍,八人一间房,四架上下铺双人床。同房间的多是来自同一个公社的知青,有些还是中学的同学。草草安顿后,大家在车间食堂吃进厂后的第一顿饭,吃了什么完全不记得了,回宿舍后说了些什么也完全不记得了。从背着行李步行到公社,搭车赴县城报到,集中在县党校大会堂等候招工单位接收,加上这一天的长途跋涉,几昼夜的折腾和忐忑总算尘埃落定,疲惫压倒了渐趋麻木的兴奋，一个个都睡了个安稳觉。

第二天早晨起床，站在宿舍楼的走廊上，我们才发现身处一个荒凉的山洼之中。除了沉寂的厂房、办公楼和两幢宿舍楼，周围完全没有城市的样子。什么都没有，山冈上连像样的树都没有。不远处能看到小片的菜地和零落的农家，似乎在提醒我们不要太快淡忘插队生活。

上午车间开欢迎会，书记、主任介绍情况。原来此地几年前还是农田，地名就叫耿家洼。原来中板车间是全厂设备、技术最先进的轧钢车间，但目前尚未投产，现有职工都在其他车间培训。原来我们还不算正式职工，只是学徒工，学徒期间表现不好，不能满师定级，严重的可以退回农村。领导特别强调，南钢是江苏的重工业基地，大机器生产，决不能像干农活那样自由散漫，要有严格的组织纪律观念，稍有疏忽就可能酿成重大事故，危及生命安全。最后宣布，考虑到知青们刚刚返城，下午提前放假，让我们回家与亲人团聚过元旦。

这一句如同大赦，许多人连午饭都不要吃，马上就想回家。然而问题来了，我们完全不知道这耿家洼的方位，家在何方？路在何方？

得亏有老工人热心指点，我们才弄清楚，南京钢铁厂位于长江北岸的大厂镇。这一片丘陵原名霸王山，亦称卸甲甸，附近还有点将台，都与西楚霸王项羽的传说有关。一九三四年范旭东、侯德榜在此地创建永利铔厂，也就是后来南化公司的前身，当时号称"远东第一大厂"，大厂镇因此得名。一九五八年建厂的南钢，又是江苏最大的钢铁企业。这里离霸王别姬的乌江不远，离南京城还有十几公里，要去厂门口乘郊区车到泰山新村，换车过长江大桥，到盐仓桥再转乘市内公共汽车。先不先，从耿家洼翻山越岭走到厂门口，就得四十分钟，再转两趟车到新街口，两小时能到家就不错了。

说起来，我们是回了南京，可没进城。进城的路还远着呢！

但是我没有理由不知足。每月领二十元固定工资，住着水电齐全的宿舍，一天三顿饭有食堂，上班不过八小时，星期天可以休息，这已是我在插队时做梦都想不到的事情。离家远一点，不能每天"下班回家"算什么问题呢！况且返城知青的"回家"，仍是回父母家。尽管已经年近三十，我们的心态还停留在七八年前的学生时代，很少想到自己早应立业成家。我们也明白父母家中再接纳我们这样的大龄子女，须承担多大的压力，然而此时成家对我们仍属奢望。没有积蓄，没有住房，虽有了职业尚没有劳动技能，所以大多数人也没有谈婚论嫁的对象。我们暂时还只能从年迈的父母那里寻求家庭的温暖。

　　我们终于摆脱了插队时期的迷茫，踏上了一条实在而稳定的生活轨道。人生的前途已经可以预测，一年后学徒满师，月工资可增至三十二元，几年后有望拿到四十几元，在同龄人中要算高收入了，可以放心找对象结婚成家。困难只在于，南钢这样的重工业企业，男女比例严重失衡，全厂两万多职工中，女工不到十分之一；大多数男工还得另做打算。在那个一切工作岗位都由组织分配的时代，调动进城几乎是不可想象的事情，一进厂领导就警告我们不要妄想"拿中板当跳板"。我们能做的最多只是找一条近便的回家路。这样的路是有的。从耿家洼沿着厂里的自备铁路，直接走到泰山新村，走得快用不到一小时，沿途移步换景，山乡风光随季节变换，还省了一趟车票钱。固定的枕木间距与人的正常步距不合，可以用小碎步疾行，或者干脆走铁轨，顺便锻炼平衡能力。最理想的是搭厂里自备交通车，从厂部直达新街口，一小时十五分准到，而且不会像公交车那样挤得喘不过气。但是能领到乘车卡的只有干部和生产骨干，学徒工离这待遇未免太远。最浪漫的是一九七二年进厂的那批中学生，小伙子们一人一辆二八自行车，成群结伙骑行进城，上长江大桥固然费劲，可下桥时风驰电掣，比汽车还快，常令人惊叹不已。他们多半是在热恋中，以青春的活力证明距离不是问题。然而距离的存在不容忽视，城里的姑娘往往因此拒绝南钢的优秀青年。我们一进厂就听到了这样的故事，有个青年标兵申请调动回城，领导询问原因，说是女朋友要分手。领导去做女方的思想工作，女方十分委屈："我有一句话想跟他说，要等他六天！"

我们这批学徒工跟的师傅，主要就是这批青工，年纪比我们小六七岁，两者间的代沟相当明显。客气点，我们叫他们师傅，他们叫我们老插，不高兴了，我们叫他们"小杆子"，他们叫我们"老杆子"。虽然多半是最简单的熟练工，但也有严格的操作规范，不能像干农活那样随意，否则难免出事故。所以常常有人被大声训斥："怎么这么笨的！"甚至被冷言嘲讽："你姓猪？"也只能忍气吞声。

我被分配学开行车，带我的师傅是个年轻姑娘，开得很好，不大会讲。幸而行车操纵并不复杂，我的困难是不能熬夜。厂里炼焦、炼铁、炼钢、轧钢等生产，都是二十四小时三班倒。上午八点到下午四点的白班最正常，四点到十二点的小夜班也还好，最难熬的是半夜十二点到早八点的大夜班。在农村"日出而作，日落而息"习惯了，白天睡不沉，轮到一个星期的大夜班苦不堪言，虽说只是跟着师傅见习，不须操作，那副狼狈相也让人看不下去。师傅有时干脆就叫我找个旮旯去打瞌睡，还安慰我说，只要白班、小夜班能认真学就行了。

因为中板车间投产尚遥遥无期，这批知青学徒工也就常常被厂里当作突击队、抢险队，有什么紧急任务就拉上去抵挡一阵。在农村重活苦活干惯了，许多人不光不惜力，而且不知厉害。就像炼铁车间抢修热风炉，炉膛中温度还有四五十度，煤气也没排尽，我们就带头进炉膛拆耐火砖，最多干十几分钟就得换人，还是不断有人煤气中毒，厂医院的救护车就守在路边，症状轻的拉到通风处吹一吹，喝口水再上，情况严重才往医院送。带班的老工人都看不过眼，悄悄提醒我们，任务是厂里的，命可是自己的。

回忆一九七六年的经历，还能记得起这些庸常生活的琐屑，也是一件有些奇怪的事。那一年发生了太多关系中华民族命运的大事件，以至于亲历者在当时都想象不到其意义的重要。比如三月下旬，我们看到往来货车上写有"打倒张春桥"的大标语，并不感到惊讶，连"亲密战友和接班人"

都能叛国，打倒个张春桥算什么呢！三月三十日，厂里组织职工去朝天宫看展览，途经新街口时被不断聚集的人群吸引，许多人看完展览后就没有跟车回厂，而是去了新街口。此事后来被视为"四五运动"的先声，一度成为从中央到地方的追查重点，每个人都必须交代自己在新街口做了什么，看到了什么。其实我去新街口就是看了会热闹，顺便回了趟家，完全没有意识到清明凭吊周总理会别含什么"用心"。比如七月底的唐山大地震，引发了全国性的地震恐慌，人们逃离陷阱一般逃离房屋，住进空地以至路边临时搭建的防震棚。我们也在山野间露宿了几个月，直到天气渐寒，才不无疑虑地回到宿舍楼里。这场折腾似乎是一种演习，让人们面对天崩地裂的巨变也不觉意外。

在农村时因无书可读被抑制的阅读欲望，衣食无忧之后迅速膨胀。领到南钢第一个月的工资二十元，我就去新华书店，花五元钱买回一部四册的《马克思恩格斯选集》，业余时间通读一过。得知厂里有图书馆，我当即成了常客。那年七月，中板车间挑选一些工人充实机关，我这个毫无背景的学徒工，可能就因为阅读习惯，竟意外入选，成了青年干事。党总支书记姓李，是位转业军人，不大说话，常常整天一个人关在办公室里。那年头，只要是个领导，都可能被扣上"走资派"的帽子，他也不以为意。令人骇怪的是，一些造反派被斥为"小爬虫"，同样能引为自豪。某日有造反派在办公楼下聚集，高呼口号："只要'走资派'还在走，我'小爬虫'就要爬！"李书记居然开门出来，在走廊上走了个来回，应道："我走了，你爬吧！"引得围观者一片哄笑。

厂里有什么学习、批判任务，他就打发我参加。我只能带个本子去记，回车间汇报。但这让我有机会近距离观察那一历史变革时期各级政工干部们的表现。尤其是粉碎"四人帮"之后，他们拥戴此前的"打倒"对象，抨击此前的拥戴对象，使用的言词和表情几乎完全相同。

一九七六年之后，由"抓革命"转向"抓生产"，新的形势需要补充新的干部，当年底我又被调到了厂里的"学大庆"办公室做干事。"工业学大庆""农业学大寨"，是"文革"结束后一度延续得最理直气壮的两个口号。办公室四个人，两个正处级的主任，可见规格之高。我们两个干事都领到了乘车卡，可以每晚乘交通车回家，同时破例保留着厂部机关的单人宿舍，以备突击加班之需。

我得以全面观察这个大型企业。当时所有的大中型企业，都是一个"五脏俱全"的小社会。环绕着厂部机关的，有成片的宿舍区，双职工可以向厂里申请住房，有完备的生活设施，有相当热闹的商业街；有各科齐备的医院，因为骨折事故多发，南钢医院的骨科超迈同行；有幼儿园有小学有中学，以解除职工的后顾之忧；还有图书馆、游泳池，俱乐部不开大会就放电影，丰富职工的业余生活。要说美中不足，便是严重的环境污染，噪音已是充耳不闻，长年飘洒如雪花的粉尘也习以为常，难以忍受的是空气中的怪味，尤其是南化公司的废气顺风吹来，能令人头晕甚至窒息。

相比于同时进厂的知青，我不能说对自己的处境不满意。然而，也正因为处境改变的迅速，早年读书时不知不觉埋下的种子，什么"天生我材必有用"，什么"天将降大任于是人也"，也就渐渐萌发。既然能够历经磨难而不泯，我就不甘心于做一个粉饰现实的裱糊匠。这样的想法，当时是无从诉说的，我只能悄悄地寻求新的人生道路。

一九七七年恢复高考，第二年大龄知青仍可以参加，但我都没有赴考。不是怕考不上，我辅导的两个年轻人，都考上了理想的学校。因为我意识到，上大学对我的人生命运已不会有太大的影响。上高中时，我选择的发展方向就是理工科，可被作为楷模宣传的大科学家，几乎都是在三十岁前就已达到本领域的高峰。我在三十岁才读大学，还能有什么样的创造成果？退一步说，就是与比我们小十岁的同届生相比，我们也不会有优势。大部分老三届考生选择考文科而不是理科，也证明了这一点。

要说学文科，我当时已经隐约看到了另一条道路。

轰动一时的"伤痕文学"，以虚构为幌子，将曾经的荒谬描摹得淋漓尽致，将人们有意无意遮饰起的心灵创伤撕扯展示，一文既出，万口风传。那几年间，文学期刊比红头文件、党报喉舌更吸引眼球，也更能得到人心的呼应，甚至成为某些政策改变的先声。与此同时，大批中外文学名著得以重新出版，对"文学热"也起到推波助澜的作用。

正是率先揭示社会真相的小说，打开了我的反思之门。一颗被唤醒的心灵，也就必然会滋生呼唤的欲望，我没有在文学神秘和作家神圣的光环前却步。既然那么多的作家都是知青出身，既然他们所写的就是我也曾经历的生活，我为什么不试一试呢。而且，名动天下的《青春》杂志，主编原是南化公司的干部。南钢宣传科也有人被调进《南京日报》编副刊。厂工会副主席说起去参加老同学的婚礼，新郎是被错打成右派的老作家，新娘也是作家，而且就是《南钢报》一位编辑的妹妹。南化公司工会邀请名作家辅导文学爱好者，我去听了方之先生的讲座，他那朴素的形象，朴实的语言，从平常事件中提炼出的人物，从日常生活中升华出的思想……都淡化着文学的神秘性。我开始在下班以后试着写小说，有时在宿舍里，有时就在办公室里。虽有乘车卡，也只是周六才回家一趟，为的是省下往返的三个小时。后来我又争取到领导的支持，利用工会渠道，组织厂里的文学爱好者，成立了定期活动的创作小组，还编印了职工作品集。

一九八〇年，南京市文联举办文学讲习所，我闻讯报名，每周两晚乘车进城，在鼓楼检阅台下上课。许多只在报刊上见过名字的作家、教授现身说法，让我大受裨益，不久即在《青春》上发表了小说处女作。同年八、九月，江苏省作协在无锡、苏州举办第一届文学创作读书班，邀我参加。工会觉得是为厂里培养文娱人才，欣然同意，给了我一个大开眼界的机会。一九八三年，南京市文学讲习所开办函授班，同厂里商量，要借调我去编教材，工会也同意了，还勉励我学习编刊经验，将来办好厂里的刊物。平心而论，如果南钢工会不提供这些学习与交流的方便，我在文学小道上能走多远，是很难预料的。而且我也没想到，文学创作竟能完全改变我的人生道路，在工厂里当一辈子业余作家的朋友比比皆是，我最初就是以他们为楷模的。一九八四年春天，省作协正式调我去机关工作，厂里舍不得了。工会主席极力挽留，表示可以分一套房子给我，每年再安排一定的创作假期，并且帮我算账，去机关只能领一份死工资，厂里每月还有奖金，效益好得多。然而，能去省作协机关工作，爱好与职业高度统一，这诱惑太大了，我此时已是势在必行。最终，南钢也同意了。

所以我与南钢、与南钢的朋友们，至今保持着友好的关系。

夫子庙

　　一九八三年春天，我被借调去南京市文学讲习所，为函授学员编教材，编辑部就设在夫子庙青云楼二楼。前后一年时间，每日在夫子庙、贡院街进进出出，我对秦淮河历史文化、老城南民风民俗的了解，就是在那时打下的根基。

　　青云楼位于贡院西街的西侧，当时临街通道的门额，写的是"人民游乐场"。这条通道原是学宫的北甬道，现在已没多少人弄得清楚，都当成游乐场的东门了。因为大成殿在南京沦陷时被日寇烧毁，四十余年没有重建，殿基连同学宫、东西市场、庙前广场，便被辟为各种民间游艺表演的场所，间杂着手工艺品、旧货文玩的摊铺。我小时候，到夫子庙逛游乐场、吃茶点，是令人期盼的大事件。青云楼坐北朝南，是夫子庙建筑群屡经浩劫而幸存的历史建筑之一，据说始建于明代，初为三层，太平天国战乱中遭毁，同治年间重建为两层，楼上藏书，楼下供科举考生阅览，檐下高悬"青云楼"横匾。民国年间，南京通志馆曾设于此，一度易名"徵献楼"。我们编的玩意儿固不能与卢冀野先生所编《南京文献》相比，但置身于这样的文化渊薮，心中是颇引为自豪的。

沿着东墙外的楼梯直上二楼，是一个百余平方米的大通间，铺着地板，因为刚经过修缮，南面一排木框玻璃窗明光透亮，窗下是半截板壁。我们四个编辑年纪相仿，将办公桌两两相对拼成个大平台，安放在西南角窗下。主编的办公处靠东南，进门处横着收发的小条桌。当年"文学热"，信件稿件每天都是整邮包地送过来，大家也就忙得不亦乐乎。

青云楼西邻，原是祭祀孔子父母的崇圣祠，其时被改作小剧场，称梨香阁，门额"梨园"。泡茶听戏，算是夫子庙戏茶厅的一缕余脉。当年多是民间小班的越剧、扬剧和淮剧，演员在台上卖力地唱念做打，观众在台下旁若无人地聊，他们享受的其实只是那一种氛围。冬春天寒，时或有演员提着戏装下摆直奔南面的厕所，仿佛从古代穿越而来，路过的游客看得一惊，转过念头便不免失笑。

梨香阁前真的有一棵老梨树，春天满开白花。梨花谢尽石榴红，旁边那棵石榴也有上百年了。西边还有几棵高大的老槐树，南对明德堂，北向尊经阁，都是幸存的历史建筑。明德堂的匾据说是文天祥写的，令人肃然起敬。两层的尊经阁略显破败，后来因为要建秦淮区文化馆大楼，就被拆掉了。

游乐场终日熙熙攘攘。只有当夏日的雷雨将至，黑云压城，繁华顿退，显露出空旷的废墟，才能让人领略史事的苍凉。而泮池畔的两种明代遗物，北岸整石雕琢的几十架石栏杆，南岸绵延百米的赭红大照壁，则成为另一种注脚。

站在文德桥上，可以看到南岸的乌衣巷口，清一色寻常百姓家。有小径东去，迤逦通向白鹭洲公园，便是名闻遐迩的大石坝街。北岸贡院街临河一线，是新改名萃园的秦淮小公园，红廊蜿蜒，高树浅草，野趣盎然。沿岸河房，高低错落，各具姿态，而都有阶梯下达水面，使人可以遥想旧时灯船与河房的互动，那才是"桨声灯影"的真实内涵所在。萃园东北端的出口，开向龙门街，迎面孤零零的明远楼，是江南贡院建筑群最后的遗存。数十年大张旗鼓"打倒孔家店"，龙门街早成一片杂货店，街口那座两层楼，"永和园"的仿古牌匾，气势远胜于明远楼。

每天中午，有位师傅帮我们做点简单的饭菜。但大家有时约好了，不做饭，出去吃，轮换着品尝各家茶点小吃。

文德桥

上了贡院西街，第一家名小吃，便是清真蒋有记，专售牛肉锅贴和牛肉汤。朝东两间门面，店堂不深，贴后墙一面大灶，砌入两口大铁锅，锅里常年熬煮着高高堆起的牛骨架，清香满街飘逸，引得过往行人无不注目。临街一条长案板，是包锅贴用的，一片面皮中包进多少牛肉馅，谁都看得清清楚楚；两座大炉，一是煎锅贴的平锅，一是煮汤的深锅，牛骨汤至此再经料理，加入肉片，方成美味牛肉汤。狭长的锅贴煎炸透黄而不焦，面皮薄而不破，馅肉多汁带卤，吃客络绎不绝，门前常见人排着队。

蒋有记的近邻，是莲湖甜食店，专以玄武湖产莲子做甜点。莲子熬得烂熟，加上桂花、果料，清香四溢。爱吃甜食如我者，总是受不住诱惑。光吃莲子当不得饱，幸而还有糖粥藕、糖芋苗、桂花夹心小元宵和五色糕团，都是该店的当家名点。有趣的是其店招，初时自右向左只写两个大字："湖莲"，往往被人念成"莲湖"。店家也不计较，后来重新装修店面，索性就叫莲湖甜食店了。

贡院西街南口，与贡院街交角处的新奇芳阁，可谓占尽夫子庙的地利，素有"龙灯头"之誉，又新翻修了店面，上下两层，摆放数十张茶桌。新奇芳阁的茶点品类众多，最有名的是两组：麻油干丝配鸭油酥烧饼，鸡丝面配什锦蔬菜包。至于他家的茶，倒没给人留下什么印象。什锦蔬菜包尤见特色，出笼时于热气蒸腾间，可见面皮上现出斑斑翠绿，人称"翡翠包子"，入口鲜香清爽。其馅料或用荠菜，或用青菜、菠菜，必取鲜嫩，择洗洁净，以沸水烫至八成熟剁碎，再掺入芝麻、木耳丝、香干丁等，加小磨麻油拌匀，旋包旋入笼，面皮发酵、蒸工火候，均须恰到好处。这话说来简单，实则要把握得毫厘不差，绝非易事。

沿贡院街东行，不远便是六凤居，葱油饼堪称一绝，豆腐脑别具风味。贡院街与龙门街交角的永和园，更是名重一时的百年老店，以烫干丝和千层油糕、蟹壳黄烧饼脍炙人口，当年南京做酥烧饼的店家众多，独永和园烧饼有"一口酥"的美誉。老城南人最可心的下昼，便是将酥烧饼掰开来，趁热蘸着小磨麻油，细嚼慢咽，回味不尽。

南京的小吃，之所以俗称茶食、茶点，因为初始是在喝茶时用的点心。老南京爱喝绿茶，茶碱刺激会分泌过多胃酸，俗话说"伤胃"，因此喝茶时吃些小点心，是符合养生之道的。南京人素有"早上皮包水，晚上水包皮"的习惯，早晨坐茶馆品茶吃点心成为一道风景。民国年间，夫子庙一带茶馆多达数十家，明里暗里相互竞争，茶点遂越臻精美，且各有拿手品种。天长日久，茶点小吃竟喧宾夺主，成为某些茶馆的主业。而烧饼、包子、锅贴、糕团、煮蛋等，单吃未免有些干噎，所以店家又为食客准备了汤点，形成南京小吃"一干一稀"相搭配的特色。当然茶是定会有一杯的，只往往闲置一旁，成了摆设。

二十世纪八十年代，可说是夫子庙茶食经营最为兴盛的时期。五六十年代市民经济条件拮据，且政治运动不断，能有这份闲情逸致的人不多。"文革"期间茶馆、茶食均被当作"四旧"，必破之而后快，于是茶馆"革命化"为早点店，一律改做大包子、大馒头，配以豆浆、稀粥、咸菜。南京素有俗话："人大笨，狗大呆，包子大了一肚子菜。"此时却成为一种荣耀。七十年代末，随着夫子庙灯市恢复，茶馆复业，所幸各种技艺传人尚在，茶食也得以重整旗鼓。其时市民心情舒畅，经济渐趋宽裕，兼之旅游初兴，国内外游客纷至沓来，使得秦淮小吃的声誉，广为传播。

午饭后散步，逛得多的是金陵路。当时的夫子庙小商品市场，不但有各种时兴物件，也有诸多地方特产，景德镇陶瓷、宜兴紫砂、惠山泥人、杭州折扇、黄杨木雕、竹编器具……我在苏北农村插队八年，又在江北的南京钢铁厂待了七年，长久远离市井，看到什么都觉得新鲜。再往东走，便是花鸟虫鱼市场。认认花木，逗逗画眉，挑几条金鱼，抱个玻璃鱼缸回家，都是赏心乐事。当然最吸引我的还是雨花石。小时候学校组织上雨花台为烈士扫墓，就对商贩挎着小篮卖的花石子羡慕不已，也曾在山冈上掘过，从没有像样的收获。如今石摊上一排排白瓷小碗，清水养着五彩斑斓的玛瑙石，不过一两角钱一粒，便宜的只要几分钱。花上一元钱，就可以买到质地、色彩、形状、图案俱佳的上品。其时我月工资五六十元，另有稿费收入，五花八门的买过不少。

贡院街上的永安商场是南京的百年老店，与中央商场齐名，七十年代小姑娘结婚买衣服还首选永安商场。"文革"后期永安商场出过一个广为流传的盗窃案，说有个顾客在手表柜台，隔着玻璃看进口的高档表，久看不买。当时一块进口表的价格，相当于职工一两年的工资，看的人多半是过过眼瘾，营业员也习以为常。不料这顾客离开时，营业员发现少了两块表，当即边喊"逮小偷"边追了出去。后面立时跟上了几十个人，有见义勇为的，有好奇看热闹的。那顾客出店门没走贡院街，而是转到了秦淮河边，尽管小巷纵横，最终还是被堵在河畔。眼看已成瓮中捉鳖之势，没想到他一纵身跳进了水中。时值寒冬，虽然水只齐腰深，两岸围观者聚至数百人，也没有一个人愿意下水，直到警察赶来，劝说此人上岸。可是问题来了，这人身上并没有手表，解释说无端被众人围追，一时惊怕，跳水躲避。"捉贼拿赃"，是他自辩的理由。但更多的人相信他的逃跑已证明了"做贼心虚"。不过，关心此人如何处罚的人，远没有关心手表下落的人多。永安商场不甘心，雇了人在那一片水里泥里摸了好几天，终无所获。所以第二年开春，就不断有人在那一段"游泳"。这事的直接效果，是让更多的人相信永安商场是专卖高档商品的名店。

夫子庙青年商场是另一种景观，当年是南京青年自立创业的典范。从业者都是待业青年，懂得年轻人的心思，经营的多是全国各地的新品名品，得风气之先，而价格又不是那样高不可攀。这样的时髦远比经典名牌更有吸引力，年轻人不买东西也喜欢去逛逛。就是我在小说中要写活一个年轻角色，也会让他去逛青年商场而非永安商场。

有时走得更远，或顺瞻园路去瞻园，或由东牌楼过武定桥去信府河，或经大、小石坝街去白鹭洲公园。石坝街对我们是颇具神秘感的地方，犹记得小时候大人吵架，一旦将对方女性与钓鱼巷、石坝街相联系，便免不了要动拳头。弄清石坝街与金陵四十八景中"长桥选妓"的关系，是几年后的事情了。当年有位文友做旧时妓女生涯调查，在石坝街上还能找到这样的老人。老人往往愿意韶韶往事，可子女总是不许说。其实时过境迁，我相信石坝街上的住户多半是清白的。石坝街不乏规整的多进传统院落，据调查够得上"九十九间半"的就有两处。夏日住户敞着门吹穿堂风，我们惊讶于那"庭院深深深几许"的幽静，主人也不以为怪，还会让我们进去参观。

白鹭洲公园那时游人稀少，建筑简朴，胜在清疏野趣。古人说造园的要点在"多栽树，少盖屋"，白鹭洲正得要领。园中水面广阔，洲渚间长桥短桥，城墙下花树垂杨，还有农夫种菜，渔人扳罾，生趣盎然。

一日，因谈起《儒林外史》，遂起兴去寻访桃叶渡和利涉桥。不料那地方不好找，沿建康路东行，到新姚家巷，须从菜场里穿过去。改革开放后集市贸易兴旺，菜要鲜鱼要活，免不了遍地污水，买菜人和卖菜人都不在乎。出了菜场，经人指点，转过几处旧民宅，终于抵达秦淮河边。远处隐约可以看到东关头的城墙，近旁也确有一座水泥桥。然而，除了狭窄河道，泥泞水岸，披离荒草，再无所见。渡口何在？风波何在？桃叶何在？遥想前人怀古的诗情画意，实在不能不佩服他们的才思。

明故宫

一九八四年三月，我到江苏省作协报到，当时省作协的办公地点在中山东路三一三号，也就是民间所说的东宫。其实那里是南京军区档案馆的馆址，省作协因为刚从省文联分出，没有自己的办公室，租了军区档案馆的空房办公，我也有幸做了三年东宫的过客。

东宫与西宫，都在明故宫的范围之内，因位置大略相当于明初的文华殿和武英殿而得名。但这两幢仿明清风格的宫殿式建筑，都已是民国年间杨廷宝先生所设计，而且完全采用了现代的钢筋混凝土结构。东宫重檐歇山顶，屋面覆深绿色琉璃瓦，建筑主体是上下两层，但因坐落在阔大的混凝土平顶承台上，看起来像是三层。从南面的人字形阶梯登上平台，四面环绕的水泥仿石栏杆，已经染上了点点苔斑。迎面是五开间的大殿，中间三组十二扇格扇门，间以红漆圆柱，进门是一个大敞厅。东、西两端的大房间，南、北面不开门，各设一个拱顶高窗，而在东、西侧各有十二扇格扇门。檐口的仿木斗拱，装饰意义大于实用，均有冷色调的彩绘。建筑内部的雕梁画栋，因为不经风露，色彩更见明丽。尤其是堪称民国"国色"的钴蓝，有一种惊艳的感觉，映入眼帘，人的心情就会渐渐沉静下来。

有生以来，我第一次被一种颜色所征服。

虽说是典型的民国建筑，但明显的民国痕迹并不多，只有东南墙角镶着一方大理石篆书奠基碑："中华民国二十五年三月二十九日中国国民党中央监察委员会奠基纪念 吴敬恒谨篆"。我原先对吴敬恒的印象，就是鲁迅先生所描绘的"吴老头子老益壮，放屁放屁来相嚷"，没想到他还能写这样一笔好字。此外就是临街的四柱三门牌坊，坊匾背面是蔡元培先生的题词："柔亦不茹，刚亦不吐。"记不清是经哪位前辈指点，才晓得典出《诗经·大雅》，是不欺软、不怕硬的意思，这令我不能不反省自己的肤浅。

作协机关各部门办公主要在主体建筑的下层，西端一大间是雨花杂志社，东端一大间就是我所在的创作联络部。中部大敞厅中辟出一条东西向走廊，南北隔出的小房间，是领导和其他部门的办公室。房间有近四米高，采光通风都好。当时没有空调，夏天除了电扇，就是给每人换了把藤编的圈手椅，也没影响工作。毕竟那时年轻，冬天好像也不是很冷。室外的平台面积很大，我们休息时可以在上面打羽毛球。来了朋友，也可以坐在平台上聊天，不至于影响别人的工作。平顶承台的下方，分隔成三部分，西部是作协的会议室，东部是办公室和资料室，而中部则为军区档案馆所用，门开在南面的人字形阶梯下，我们是不可以接近的。

创联部的工作主要是联络会员和发展新会员，因作协刚刚独立，急务是建立作家档案，寄发与回收、整理登记表格和作家作品。不过那时省作协会员只有三百多人，不算太繁忙。其次是翻阅重要文学期刊，与各市作协加强联系，掌握全省创作情况，参加筹办业务会议和活动，有时还须出差去各市、县处理相关事务。我在创联部八年，跑遍了苏南所有的县和苏北大部分县。第三是每年举办文学创作读书班，让新会员与文学爱好者有一个集中学习、交流的机会，并聘请名作家、名教授、名编辑辅导。

作协规定创联部和编辑部上午上班，下午轮流值班，不轮值的人可以在家读书写作。当初挑选机关人员时，就考虑到既能承担机关工作又有创作基础。其实值班的人没事也可以看书。与文联分家时，文学类图书都归了作协，资料室有两万多册藏书，每年还有两万元购书经费。当时作协主席艾煊要求青年作家多读书，多次带着我们去苏州、扬州书市选书。我也因此得与苏州、扬州古旧书店的专家交朋友，为后来的淘书打开了方便之门。我意外发现资料室中有香港明河社出版的金庸作品集，喜出望外，于是一本本借来看。作者不但有深厚的传统文化修养，而且各种典故信手拈来，随心化用，有如思想体操的特技动作。每个值班的下午，我都沉浸在那亦真亦幻的情境之中，时至黄昏，高大空寂的建筑，随着光线一缕一缕地消退，似乎有一种诡异之气，丝丝逸出，渐成笼罩之势。我仍不愿打开电灯，孤身坐在黑暗中，仿佛就会与出神入化的侠士相遇。

东宫门前没有公交车站，我从新街口过去，或在御道街站下车，朝前走半站，或在中山门站下车，往回走半站。其时这一段中山东路林荫浓密，车辆不多，行人稀少，沿街多是机关单位，没有什么商铺。走在空寂宁静的树荫下，会让我恍然想起上高中时，与三两同学结伴步行去登紫金山的情景。转眼二十年，这条街可能要算南京城里变化最小的街道了。

御道街车站就在午朝门公园旁。午门以北，是明故宫中轴线最核心的部分，但已全然看不出宫殿的痕迹。除了临街一座精雕细琢的石照壁尚有皇家气象，就是那些高近两米的石础发人遐思了。向南走到内五龙桥，水面与桥面几乎平齐，完全谈不上威仪。过桥就是孤零零幸存的午门，周围大树苍天，墙面上满覆绿植，似乎总是湿漉漉的，令人心生寒意。旧戏里那"推出午门斩首"的场景，在这也是无从想象的。午门南边的大路空荡荡的，两边拥挤着平常百姓家，再朝光华门去，竟还有一片片的菜地。

明宫城的主体部分在中山东路以北，此时是大门紧闭的南京军区教练场，民间仍叫它华东教练场。天天从那门前经过，我从没猜想过里面的情况，甚至下意识地总是在路南行走。后来华东教练场终于迁离，大门敞开，门里就是一览无余的空旷场地。偶尔也动过念头，想走进那门里去看看，毕竟是皇宫遗址啊，不料有一天，那钢筋混凝土的大门忽然消失无踪。我也就永远失去了走进那扇门的机会。这其中似乎隐含着某种人生的暗喻：不要错过那扇你本可走进的门。

那一片没遮拦的空地，却引起了老作家梅汝恺的兴趣，他悄悄告诉我们，可以捡到琉璃瓦碎片。我们都相信那真是明代皇宫的琉璃瓦，随他跑了几回，居然都有收获，而且不是一般的瓦片，是浮雕着龙纹的瓦当，尽管不完整，可古人不是说"神龙见首不见尾"吗！

　　从中山门车站下车，街北就是南京博物院。南京博物院的前身是民国年间的中央博物院，所以保留了"博物院"这个旧称，与故宫博物院齐名，不像当时其他省、市都称博物馆。与常见的仿明清建筑不同，南京博物院正殿是仿辽代建筑，那舒展的大屋面有如鸟翼，给人以振翅欲飞的动感。这引起我对传统殿宇式建筑的兴趣。不过当年院内展览变换不多，一个长江下游五千年文明展，维持了多年。但那也是我最初接触到历史文物的地方。为了提高鉴赏能力，我要求自己先对展品的名称、时代、造型等作出判断，然后再去看说明牌。因为能以真品、精品作为标准器，对我后来进入收藏领域有很大好处。

　　博物院东边的半山园路，得名于王安石的故居半山园。"文革"中间"评法批儒"，"法家"王安石也成了中国人最熟悉的宋代改革家。民间关于"拗相公"的故事传说全都成了"诬蔑不实之辞"，"一水护田将绿绕，两山排闼送青来"的意境令我念念不忘。半山园在海军学院里面，不能随便进去，后来托了部队作家帮忙，终于看到了明城墙内侧小丘陵上重建的几间平房和一座山亭。城墙之外便是前湖，宋代无此城墙，前湖的水应是直抵丘陵之下的。然而那建筑太过平常，与郊区的农家没有什么区别，让我颇觉失望。多年以后才明白，王安石当年的隐居之所，很可能就是普通的居家房舍，倘若造得飞檐挂角、金碧辉煌，就更见其假了。再就是半山园这个地名的由来，是因其处于金陵城东门到钟山路途之半，而我弄清南唐金陵城东门的位置是在大中桥西，也要到十年以后了。

博物院西侧的青溪路，是一条幽静的小路，路旁的河道便是青溪了，虽然一流清浅，与画面上的九曲青溪相去甚远，但浓荫夹岸，并不妨碍游人发六朝之遐思。

东宫既是档案馆，不能动火，我们中午就在中山东路南侧的轻工机械厂食堂代伙。在南钢时吃惯了食堂，再进工厂食堂有一种亲切感。而意外的收获，是在这厂里能看到东华门的遗址。东华门是明代宫城的东门，虽然完全看不出当年的气象，却仍仿佛在提醒我们，此地毕竟是当年的宫城之内哦。

午饭后散步，可以沿着西南角的缓坡走上中山门。坡顶一片松林，说不清是什么时候长起来的。中山门瓮城的顶部，当年日寇攻城时炸塌的凹陷还在。我总觉得那里应该树立一个标志，说明这是日寇野蛮侵略的罪证。没想到那缺口后来被填补得平平整整，貌似美观了，可历史的痕迹也被抹平了。

中山门原名朝阳门，是皇宫东面的都城门，初时为单孔拱券门，民国年间改为三孔拱券门。从城墙上比较中山门和东华门，可以看出，中山门不在皇宫的东西轴线上，估计是因为城外月牙湖水面宽阔，所以中山门不得不向北偏移。这与皇宫北面的太平门因避开富贵山而向西偏移的道理是一样的。

其时城里除了金陵饭店还没有太高的楼，在城墙上可以看得出城市的大格局。从东华门到西安门，是皇宫的东西轴线，再从御道街、午朝门、华东教练场这一南北轴线，估量南面的洪武门、北面的后宰门，尚能让人遥想当年皇宫的恢宏气象。那是与十里秦淮截然不同的一种文化场景。皇宫西边的护城河，此前正是南唐金陵城东边的护城河，明代皇城与金陵城的位置关系也就完全清楚了。正因为大中桥是南唐东门外护城河上桥，所以成为交通枢纽。大中桥经白下路、建邺路到涵洞口的东西干道是六朝以来所形成，而经建康路、升州路到水西门的东西干道则是南唐建金陵城后形成的。明代建都城时虽拆除了南唐金陵城东门，但仍沿用了这两条东西干道，并且由大中桥东延至洪武门、北延至西安门，实现了老城与新城的衔接。我对南京古都的宏观认识，正是在中山门城墙上完成的。二十年后我提出南京城市文化应属多层面、多中心的多元文化，可以说也是由此发端。

春秋天气，不冷不热，机关里的年轻人，有时会步出中山门，沿着城墙向北闲走。这一带的城墙特别高大，可能是因为城外没有护城河的原因。有人带了照相机，我曾紧贴在城墙脚下，展开双臂，拍过一张照片。照片冲洗出来，沧桑斑驳的巨大墙面中，人小到可以忽略不计。我想，在历史的坐标上，个人的位置不正是如此么！

行走的终点是前湖边。当年前湖水面宽阔，直抵城墙脚下。绕过前湖可以走到中山植物园和明孝陵，进入东郊风景区的中心，但那路途就太远了。明初建造皇宫时填掉的燕雀湖，原本亦属青溪流域，应是与前湖连为一体的。所以换个角度说，正是明城墙的修筑，才将前湖与城内水面分割开来。但在城墙下可能保留了若干涵道通流，现在琵琶湖畔还可以看到一条，入城的水成为青溪的源头。被阻遏的前湖不甘寂寞，乘风兴浪，拍击城根，天长日久，以致那一段城墙外侧坍塌，散落的城砖铺成一个圆台似的缓坡，无形中成为残存城墙的护卫。

前湖之北的琵琶湖和南面的月牙湖，算来也应属于青溪一脉。由此可以想见，六朝时青溪水域之浩瀚。沧海桑田的巨变，曾经就发生在我们的脚下，如今几乎已看不出痕迹了。

清凉山

小时候，山离我们是很近的。

从石鼓路西口经汉西门大街，走上汉中路，迎面就是峨眉岭，峨眉岭背后站着的便是清凉山了。更近一些，石鼓路北边的校尉营，以一道两米多高的陡壁面对汉中路。许多年以后，我才明白那其实是五台山的余脉，被汉中路从牌楼巷的坡脚切了下来。站在汉中路上朝东望，可以清楚地看到紫金山的葱茏，午间的阳光下，山顶裸露的页岩闪烁着金属的光泽。南京人都会依紫金山上的云情判断天气，每当密云遮住了山头，紫金山"戴帽子"，也就是大雨将至的预兆。早在明代，就有"蒋山戴帽"的俗语。而连阴天气，紫金山的山峰突然从云层上方显露出来，那就是要放晴了。

顺峨眉岭上行到百步坡，朝东就是五台山体育场。四周水泥看台环绕中的运动场，当时除了跑道，还都是经平整过的山地，夏天雷雨之后，烈日暴晒，积水处就会生出地皮菜来。周边的孩子都晓得这个窍门，届时纷纷前去拣拾，运气好时还能从零落的枯树枝上找到木耳。在百步坡半腰的路东，可以看到几个大坟包，有一块石碑上写的是"清故袁随园先生墓道"。那时清凉山上下坟包墓碑随处可见，我们也不以为意，并不关心袁随园何许人也，更想不到这墓与山下的随家仓会有关系。直到上了高中，听老师说起袁枚与随园，才不无崇敬地再来寻访这片墓园。

穿过汉中门北侧的萍聚村，转过蛇山口，便是乌龙潭。乌龙潭在我们眼里就是个大水塘，谈不上什么景致，不像玄武湖，过了玄武门就晓得是公园了，会努力地看出别样的风景来，以便应付老师布置的作文。印象深刻的是夏天暴雨前闷热，潭里的鱼浮到水面上呼吸，俗称"翻塘"。周围的男子汉都跳进潭里捉鱼，有豪放的女人也奋不顾身。远处得到消息的人竟能骑着自行车赶来，常常闹得潭里人比鱼还多。水只齐胸深，胆大的孩子跳进去扑腾，大人并不呵斥，反正是水越浑越好摸鱼。我跟着去看过不止一回，虽然会游泳，可面对这份混乱从来不敢下水。

乌龙潭西岸是龙蟠里，龙蟠里西面的盋山，也是清凉山的余脉。盏山是古代文人雅士的叫法，民间叫笆箩山，因为山形像一只倒扣的笆箩。后来笆箩也成了罕见之物，遂讹为波罗山。这山的南面是四中的校园，所以我们这班孩子只叫它四中山。

站在龙蟠里北口，虎踞关，驻马坡，清凉山，就都在眼前了。

儿时的清凉山印象，只留下了一些碎片。就像我在《饥不择食》里写到的，跟邻家大孩子去后山坡挖野菜，随妈妈去庙里进香。清凉山上下，除了东冈上的小九华寺和西冈上的善庆寺，山间还有一个清凉寺。而东面的山谷，曾是清凉山小学的校园。我的大妹在那里读过书。

清凉山的西南角，相当于今天国防园的南麓，是清凉山火葬场。当时土葬仍是主流，那火葬场又是日军侵占南京期间修建的，所以妈妈每听人说起，总是嗤之以鼻。可因为一个小学同学在游泳时溺亡，我还随徐老师去过那里。只记得阴森森的灵堂中，曾经朝夕相处的同学孤零零地躺在小棺材里，几个女同学就放声号哭起来。我那时于生死还处于蒙昧状态，心里老在想同学去的地方不知会是什么样子。走出火葬场，平时熟悉的清凉山似乎也有些异样。我望着北面清凉山与鬼脸城之间的山凹，那山凹口也有一人多高，要爬老长一段坡路才能走到，忽然问徐老师，山凹那边是什么。徐老师看看我，想了一想，说，还是山。

去鬼脸城不用经过火葬场，是从城墙的西侧，沿着外秦淮河边走。我上小学一年级时就跟父亲去过。那年父亲才四十来岁，喜欢拍照，家里还有两架德国相机，听人说鬼脸城就是古代有名的石头城，离我们家又不算远，星期天便兴冲冲地要领我去看。两人出汉中门，顺着城墙朝北走，越走越荒凉，在乱草野树间转了好一会，终于见到了那一段嵌着赤石鬼脸的城墙。我一点也没有感到惊奇，坐在池塘边的石块上，望着父亲转来转去，挑选合适的角度去拍"鬼脸照镜子"，对他的兴奋颇不以为然。

成年以前，我与鬼脸城还有过一次交集。一九六六年夏天，学校里的红卫兵不知从哪里借了一辆大卡车，带着造反组织的证明，到西芦柴厂去领取芦席，回校钉在毛竹框架上供贴大字报用，我也跟着去了。在工人往卡车上装芦席的时候，我忽然想起此地紧挨着石头城。那时毛泽东的诗词都被谱了曲，风行一时，"虎踞龙盘今胜昔，天翻地覆慨而慷"的豪迈，使我们对"石头虎踞"也产生了亲切感，所以一经提起，几个人都兴致勃勃。沿途依旧是满眼的芦苇，其间偶有零落的矮房破屋。石头城一如既往的荒芜与苍凉。我有些疑惑石头城的名不副实，它虽以山石为基，但主要仍是用城砖砌成，嵌在墙间的那些扭曲的赤石鬼脸，或许是建城者有意为之以吓唬敌人的。要到三十年后，我才弄清楚，鬼脸城其实并不是六朝的石头城，而是明代都城城墙的一部分。石头城也非石头垒砌，实因建在石头山上而得名。六朝的石头山，就是今天的清凉山。

从插队的农村招工回南京，工作、生活渐趋安定。星期天没什么娱乐，便一个一个地踏访城里城外的名胜古迹。我真正认识南京这座历史文化名城，由此开始。至于会与清凉山结下不解之缘，也是有原因的。

最初是因为我的岳父母家就在清凉山下。岳父母都在龙蟠里路口的水利科学研究院工作，宿舍大院在广州路三百七十四号，与清凉山公园是一墙之隔的紧邻。临街的院门不大，门外门里有十几级台阶。台阶的东侧是水科院幼儿园，西转再上九级水泥台阶，沿山麓辟出的一片台地上，是一九五〇年代建造的两层筒子楼，前南后北两幢，岳家就在北幢一楼的东端。后院里有两棵无花果树，年年都会结出一篮核桃大的无花果。这在我们儿时也要算作美食的，现在孩子们嫌没甜味已不肯吃。树下是岳母种的一丛丛金针菜，让我第一次看到它的生长状态，闻到它的浓郁香气。我后来又在东窗下种过一株大芭蕉，两三年里就高过了窗檐，夏日听雨，别有韵致。

岳家的住房条件比我们家好得多，内子又在乌龙潭畔的胸科医院工作，所以我们夫妇常在这里小住，直到一九八九年住进肚带营十八号省作协宿舍，才算完全搬离。当时六路公交车的起点在工人医院，即今天的省人民医院，终点在中山门，我到东宫上班也很方便。民国年间张恨水先生倾慕清凉山麓的"窥窗山是画"，"曾计划着苦卖三年的文字，在这里盖一所北平式的房屋，快活下半辈子"，然而因为日寇的侵略，终于成了难圆的梦。我却于无意之中得享此福。

清凉山公园在"文革"中一度被撤销，公园地域划交给南京市自来水厂，东边山谷中建起自来水修造厂，清凉台上建有蓄水池。园区内的崇正书院、扫叶楼、清凉寺等历史建筑，都被"破四旧"的造反派砸成一片废墟。一九七六年春公园管理处得以恢复，陆续复建起牌坊式的南大门、扫叶楼和崇正书院，并开始收门票。虽然门票只要五分钱，但那时月工资就几十块钱，每天买票也算个负担。幸而公园管理不严，我们吃过晚饭散步，常常从自来水修造厂的大门进去，再向西转入园区，就可以不买门票。夏天的清凉山名不虚传，绿荫如盖，清风徐来，气温比山外要低好几度。那时家里都没有空调，所以我有时下午也进山避暑热，日久天长，山里的旮旮旯旯都转了个遍。除了上扫叶楼和崇正书院的石阶，山间的小路多保持着朴素的本色，有的就是泥土路，而且山上的视野特别好，东面瞻望紫金山不必说，西边可以看到长江里的帆影，真是令人心旷神怡。

其时城西干道已经开通，鬼脸城与清凉山被切开，但道路还不太宽，旧年山凹处的高坡也未完全削平，依稀可以看出连绵的山形。清凉山与南面的余脉盋山之间，尚保持着原来的山谷形势，砂石小道主要供人行走，少有车辆经过。六路公交车的站点设在乌龙潭边。遗憾的是，乌龙潭水污染严重，漆黑一片，臭气熏天，等车时间长了令人难以忍受，我常常多走一站路，到随家仓去候车。

一九八六年五月，省作协举办文学创作读书班，想找一个清静之地，我推荐了清凉山。与公园管理处接洽后，来自全省各地的二十几位学员，在扫叶楼里住读了两个月。说是扫叶楼，其实应是善庆寺的偏院。善庆寺和扫叶楼在太平天国年间均被毁，光绪年间重建，系善庆寺僧人经手，遂将扫叶楼与善庆寺构为一体，变相扩大寺院。不料"文革"中善庆寺被废，一九七九年重修，又将前后三进建筑尽数归于扫叶楼。正应了佛教因果所说的"一报还一报"。今扫叶楼的第二、三两进建筑，实是善庆寺旧址，但建筑已非原有风貌。

正是在那几年间，清凉山一带的人文景观引起了我的浓厚兴趣。扫叶楼中挂着一副对联："老不白头因水好，冬犹赤足为师高。"这水指的是南唐古井还阳泉，当时井上已建起一座六角亭，亭子后壁嵌着萧娴先生题写的"还阳泉"石刻，石井栏上隐约能看出"南唐义井"几个大字。而法眼宗祖庭石头清凉大道场，又曾是南唐皇家寺院和避暑行宫，所以卢前先生与唐圭璋先生，先后倡议在清凉山建造纪念李煜的"词皇阁"。王安石年轻时曾在山中读书，苏东坡曾向清凉寺赠佛像。东边山谷里有纪念郑侠的一拂祠，山北据说原有吴敬梓墓。南边盋山下的陶风楼，原是江南图书馆藏书楼，后作为南京图书馆的特藏部，我曾去那里查过资料。龙蟠里中有魏源故居小卷阿，方苞家祠教忠祠，薛时雨所居的薛庐。乌龙潭畔，明末藏书家丁雄飞的心太平庵、复社领袖吴应箕的吴氏园虽已消失，但尚有颜鲁公祠在。百步坡上的袁枚家族墓虽已被毁，名闻遐迩的随园故址也看不出痕迹了，但其与《红楼梦》中大观园的不解之缘，却被越来越多的人所关心，所以会在乌龙潭里为曹雪芹塑像，潭边还开了家红楼山庄菜馆。

这些或存或灭的景观，星罗棋布，似乎无章可循，但又总有一种东西吸引着我。一九八九年我买到《金陵琐志八种》，其中有陈诒绂《石城山志》，后来又读到顾云《盋山志》和《同治上江两县志》。《盋山志》虽以清凉山的支脉盋山命名，实际上涉及了整个清凉山区，著者从盋山前的龙蟠里开始叙述："循城垣至蛾眉岭，又斜循小仓山，道陶谷，至虎踞关；又斜道四望、马鞍诸山，至清凉门；又循城垣折至山前乌龙潭迄焉，方可十数里。"《石城山志》条理更为分明，著者将山径分为三条："一曰山北路，至北城而止；二曰山南路，至新街口而止；三曰山东路，至干河沿而止。"著者所界定的清凉山区域，南面包括盋山、龙蟠里、乌龙潭、蛇山直到牌楼大街（今牌楼巷）、候驾桥（今侯家桥）、罗寺转湾（今螺丝转弯）、沈举人巷、双石鼓等；东面包括峨眉岭、陶谷、五台山、小仓山、随园、干河沿，直抵北门桥；北面包括古林庵、马鞍山、四望山，直达城北的归云堂。一九三五年出版的《首都志》，大体仍承袭了这一区分。石头城在六朝时是军事中心，唐宋以降渐演化为文化中心，贯穿其中的主线，就是文人学者的聚合。这一种得风气之先的有识之士的聚合，不同于城南的市风民俗，有别于夫子庙一带的科举文化，也与明故宫的皇家气象相径庭。再联想到近现代金陵大学、金陵女子文理学院、河海大学等高等学府纷纷择址于此，一种精英文化层面更趋明晰。

然而，由于数十年间社会对文化传统的理解片面，对精英文化尤其隔膜甚至敌视，不能正确认识清凉山一带人文景观的历史意义和现实价值，致其不断遭到损毁。薛庐和教忠祠先后被拆，魏源故居小卷阿虽列入南京市文物保护单位，仍被肆意瓜剖豆分，任其破败荒圮，令见者无不感伤。魏氏后人横遭无妄之灾，竟都迫得孤身度世。魏源的曾孙女魏韬，风烛残年，在我的笔记本上写下这样一首诗："荆楚移家驻白门，筑居依水傍山村。文章事业垂千古，骨肉今惟一线存。"那个被生存的重负压折了腰的老妇人形象，深深地铭刻在我的记忆中，再也无法淡忘。她区区一介弱女子，却敢于对抗"学术权威"，为保护魏源故居进行不屈的抗争，并且无畏地承受了这抗争带来的后果。魏韬于一九九二年辞世之后，魏源骨肉仅存的一线也就此断绝。二〇〇二年龙蟠里道路再次拓宽，竟将魏韬生前居住的小屋，也即小卷阿中属于魏氏家族的最后空间拆除。魏源遗物被搬到湖南隆回金潭的魏源故居，成了"镇馆之宝"，该馆现已被国务院列为全国重点文物保护单位。

保存此类人文遗址的紧迫性，使我不得不通过各种渠道发出呼吁。二○○四年早春，我提出了南京城市文化多元的看法，认为在大家熟悉的"秦淮文化"层面之外，清凉山一带还存在着一个精英文化层面，可以称为"清凉文化"或"虎踞文化"。这一提法迅速引起文化界的议论和媒体关注。当年十二月，民进江苏省委和鼓楼区政府就此联合举办研讨会，会上发出的《二○○四南京城市文化宣言》中说："南京文化是多层面的。丰富多彩的市井文化，因其与市民生活的贴近，更容易受到关注。然而一个时代的文化高度，总是以其所创造的最高文化成果为标志。南京人不能沉湎于六朝烟水的迷离，更要看到近代以来，文化精英放眼世界、弃旧图新、开启民智、推动变革、不畏艰辛、不怕牺牲的卓越奋斗。不能因为我们的忽略与隔膜，让人产生南京保守、封闭的误会。只有继承优秀文化传统，发掘与弘扬精英文化，才能够使南京城市文化在更高的基点上起步。"

二○○七年六月，我为《金陵瞭望》写"清凉漫弹"专栏，开篇就提出："在近半个世纪以来被过分强调的'秦淮文化'之外，至少还有着不同层面的'清凉山文化'。'秦淮文化'与'清凉山文化'之外，能不能再梳理出其他的文化层面？

夫子庙与清凉山之外，会不会还有另一种文化中心？这些都还有待进一步的研究。比如说，六朝、南唐、明朝、太平天国的宫城区和中华民国总统府，几乎都在今天以总统府为中心的不大片区之内，能不能将这一带算作南京'宫廷文化'的中心？"次年春，中山陵园管理局倡议举办"钟山文化高层论坛"，提出"钟山文化"的概念，较好地涵括了南京的政治文化或者说都城文化的层面。我在论坛上发言："多种多样各具特色的文化质素，交汇融合，形成了南京城市文化多元并存、和谐发展的面貌，这既是南京文化的特色，也是南京文化的优势，显示出南京这座历史文化名城文化的丰厚与多彩。""不同历史时期，不同空间范畴所孕育产生的不同特色的文化层面，都已成为南京城市文化不可或缺的一页。明确这一点，有利于我们全面认识南京文化，有利于对南京历史文化资源的保护和利用，也有利于我们今后的城市文化建设。"

清凉山精英文化层面的确立，为我认识南京文化多层面、多中心的多元架构，奠定了坚实的基础。时至今日，这一多元架构逐渐为学界所认同。秦淮文化、钟山文化、清凉山文化三个层面，以及与之相对应的三个中心区域，不相覆盖，也无从替代。可贵的是，这种多层面、多中心，并没有造成城市的文化裂痕，而是在长期的多元并存、和谐共生中，相互交融，相互促进，最终形成了南京宽厚包容的城市精神和独具一格的文化环境。

丁家桥

一九八七年春天，省作协与军区档案馆的三年租约到期，于是迁离东宫，另觅办公地点，最后搬到湖南路十号之一，即江苏省军区在其大门西侧所建的一幢六层办公楼。省作协机关租用了这幢楼的四、五两层。

于我而言，湖南路是一条相对陌生的路，因为它与我们的生活几乎不会发生什么关联。虽说它东通中央路，西接山西路广场，可中央路上相邻的公交车站叫玄武门站，中山北路上相邻的公交车站叫山西路站，所以我们无论走中央路还是走中山北路，都不会意识到曾经过湖南路。记忆中此前走进湖南路只有一回，还是在南钢时，有次去丁家桥探望一位工友，留下印象的就是江苏省军区别致的牌坊式大门，居中的正门坊凹退在后，两侧坊呈弧形向前延伸约两米，再向两边平展，格局上有类于传统的八字墙，全长二十米，高达六米。大门对面还有相对应的弧形照壁和一组花坛。可是最近与几位朋友说起，竟没有人见过那照壁和花坛，弄得我也疑惑是不是自己记错了。

直到一九八七年，湖南路仍是一条狭窄的清幽小路，两车道的柏油路面多有破损，除了三路公交车少有机动车经过。两边的人行道不足一米宽，还长着许多粗壮的法国梧桐，以至行人不时要走上机动车道绕行。人行道的路牙多被踩得歪歪倒倒，与快车道之间的分别也就不是那么分明。从东头走进去，南北两侧路边都是人家的院墙，看不到商家门面，直到那座有警卫站岗的江苏省军区大门。这大牌坊门在一九八九年四月拓宽湖南路、云南北路时被拆，改成了四根简单的立柱。过了大门，原牌坊门西侧就是省作协租用的办公楼，楼西侧有一条夹巷，巷口挂着"中国作家协会江苏分会"的木牌匾，竖写的行草字，尚是林散之先生的手笔。我们就从这巷口转到北侧上楼，创联部的办公室在四楼东端。

从办公室北面的窗口，我们可以看到省军区大院。院中那座法国宫殿式建筑，与常见的民国建筑风格迥异，立刻引起了我的兴趣。此时我已搜集了不少南京地方史料，略一翻查，不禁大吃一惊：这幢建筑竟是中国近代政治、经济史的最重要见证之一，可以说现代中国的命运就是在这里决定的，其意义不亚于长江路的临时大总统府！我们却局限于庸常生活的视野，长期以来对它一无所知。

准确地说，这建筑并不是民国建筑，它始建于一九〇九年，是清末"预备立宪"时期的江苏咨议局局址。主持建造者是"状元实业家"张謇，设计师是其得意门生孙支厦。孙支厦赴日本考察行政会堂建筑，又吸收西方议会建筑特点，设计建造了这组独具一格的新式楼宇，地上两层，地下一层，砖木结构，平面呈正方形。中部方形会议大厅，面对讲坛的阶梯式座席以半圆形排列，大厅顶部建有高耸的钟楼。会议大厅四周的两层办公楼围合成回廊式院落，屋顶装饰有栏杆、小尖塔和烟囱，正面中部入口处有凸出的门廊，三连拱券门。建筑落成之际，适逢南洋劝业会开办，遂被用作南洋劝业会事务所，见证了中国首次举办的世界博览会。城内小火车并因此增设劝业会站，劝业会结束后改称丁家桥站，位置在今湖南路、丁家桥路口，可见当时已有丁家桥路。

丁家桥确是那一带形成较早的道路，江苏咨议局当初的门牌就是丁家桥十六号。现在的丁家桥北至新模范马路，南至湖南路。但早期的丁家桥还包括今狮子桥路，直抵湖北路。湖南路始建于一九二七年，一九三〇年定名湖南路。

清末的改良和宪政步履迟缓，没有跑得过革命。辛亥革命爆发后，革命党人在江苏省咨议局内成立了江苏省议会。同年十二月二十九日，全国响应武昌起义的十七省都督代表在会议厅内举行会议，商讨建立临时中央政府，改国号为中华民国，推举孙中山为中华民国临时大总统。同时议决废除阴历，采用阳历，以一九一二年为中华民国元年。中华民国不但是中华大地上的第一个民主共和国，也是亚洲的第一个民主共和国，是一种全新社会制度的开创。在这一意义上可以说，中国延续数千年的封建帝制，就是在这个会议厅中寿终正寝。

　　一九一二年一月二十八日，这幢建筑成为中华民国临时参议院院址。此后孙中山辞去临时大总统职务，临时参议院选举袁世凯为中华民国第二任临时大总统，通过具有宪法性质的《中华民国临时约法》，议定中华民国临时政府迁往北京，这些关系到国家前途与命运的重大决策，都是在这里做出的。一九二七年国民政府定都南京，这里成为国民党中央党部，定都南京典礼就是在此举行。一九二九年奉安大典，孙中山灵柩运抵南京后，国民政府在中央党部会议大厅设置灵堂，自五月二十九日起举行公祭活动三天，六月一日移灵，葬入中山陵。令人不解的是，这座如此重要的会议大厅，不知为什么竟被完全拆除，原址成为一片草坪。

从作协办公楼沿湖南路西行，第一个十字路口，北行即丁家桥，南行是狮子桥。丁家桥路经过西侧的新菜市，确有一座桥梁。桥下所跨的河流，现称金川河东支，源自玄武湖水，由大树根涵闸入城，经童家巷至丁家桥，转北行经铁道医学院，过医平村桥、新模范马路桥，汇入金川河主流。童家巷旧名三塘湾，因有三个水塘相连，巷南侧的支巷仍叫塘湾。童家巷以北的南京药学院、铁道医学院、南京化工学院校园，大致就是当年南洋劝业会的会场范围。狮子桥下的河也属金川河东支，是从大树根西南流经裴家桥、狮子桥，转北汇入丁家桥的一条支流。当时这条支流湖南路以北部分已成地下涵管，湖南路以南部分也接近干涸，狮子桥下流淌的主要是附近菜场和居民区的生活污水了。

第二个十字路口，北行是马台街，南行是湖北路。马台街南段与丁家桥之间的片区即新菜市。新菜市是相对老菜市而得名。老菜市在水佐岗迄东一带，西接市农村，再向西的南京艺术学院所在地旧名黄瓜园，小与菜市相关。新菜市应该就是南洋劝业会期间开始兴盛起来的。湖南路南侧，从高云岭、裴家桥、狮子桥到湖北路以西的大同新村，都是民国年间的新住宅区，清一色的西式建筑。南洋劝业会结束后，尽管会场很快湮废，但对这一地区开发的促进是显而易见的。

这一带日常生活店铺渐多，最热闹的要数丁家桥口的金春锅贴店，每到吃饭时总是排起长队。金春锅贴也是南京名小吃，据说早年在中华门，抗战胜利后迁往汉中路，"文革"后期搬到湖南路上。不久隔壁开出一家美国加州牛肉面馆，是比麦当劳、肯德基更接地气的洋快餐，整齐的车厢座，洁白墙面上画出的彩色奔牛有真牛大，窗明几净，远胜于锅贴店的烟火气，引得我们都去开洋荤。然而面碗虽大，但汤多面少，牛肉更是令人失望，吃得人半饥不饱，远不如金春锅贴实惠。湖南路商场也在路北面，当时还只是一个中低档的百货店。但是路南边，湖北路口的海员商场，则经营着南京有名的高档进口商品，价格贵不说了，收的还是外汇和兑换券。我们有时也会进去，看看时尚新潮，算是体验生活。

再向西便进入山西路广场。广场东北的西流湾，因水流向西北至虹桥汇入金川河中支而得名。西流湾与金川河东支北段仅隔一条马台街，早年应该也是相通的。由此可以看出，湖南路是沿着金川河东支南岸发展起来的一条街道，虽然建筑形式不同于南京的传统街巷，但仍然符合沿河成街的规律。

丁家桥口的
金春锅贴店
总是排着长
队
丁南乾月呈顺
於金陵 国锥

金春锅贴

民国年间的西流湾也是公馆区，声名最大的是周佛海故居，原为西流湾八号。一九四一年周公馆的无名大火，很引起我的兴趣，甚至打算以此作为小说的题材，不过因为对民国年间历史人物的评价难以把握，一些历史尚属禁区，最终没有动笔。无独有偶，住在西流湾二号的郝鹏举，出身苏联军校，由国军而伪军，由伪军而国军，复"独立"而投诚新四军，不久再叛乱而被歼，也是一个反复无常的角色。周公馆建筑今尚在，不过因开辟西流湾公园，已经看不出原先临水照影的格局了。此后西流湾又建起南京市少年宫和儿童影剧院，我也曾带孩子去看展览和演出。那一带我们往来最多的是山西路邮局，当时寄文稿、取稿费，都得通过邮局。

广场东南的和平电影院，"文革"中一度改名战斗电影院，这时又改回了原名。因了"战斗"的缘故，"和平"这名字也弄得有点怪异了。我那时认为看电影太费时间，一场电影两个小时，不如读书收益大，所以常常视而不见地从它门前走过，去山西路新华书店挑文史类书籍。更吸引我的是军人俱乐部，里面逢周末有旧书集市。南京的旧书市场一直没有固定的经营区域，始终被有关部门随意驱赶。持续最久的是朝天宫周边，至今还有零星书摊和小书店在坚守。军人俱乐部内的旧书市场一度兴盛非常，有平台供书贩摆摊，逢周末能挤得摊位前站不住人。我在那里买到的最得意的一部书，是金陵大学中国文化研究所一九三七年六月初版《南阳汉画象汇存》，宣纸影印，线装一厚册。然而为时不久，管理部门便重作安排，搭建起几排简易房作铺面，不过入驻的旧书商贩并不多，多的是"二渠道"的书商。因为正赶上图书发行管理政策变动的契机，两三年间，长三角图书市场就发展成华东地区最大的"二渠道"图书集散中心，在全国图书发行市场中占有举足轻重的地位。

省作协搬来不久，湖南路的清幽环境便开始变化。一九八九年湖南路拓宽，我们来来往往只能走施工现场边缘留出的小路，贴着人家的院墙，在行道树间绕来绕去。遇上下雨天就更遭罪，鞋上的泥泞怎么也弄不干净。沿街建筑也在同时陆续改建，待道路修好，临街的民国建筑几乎都被拆完了。初时大家的关注点不在城市改造上，及至入夏，恍然间竟有改天换地的震撼之感。新的门面房里，开出许多专卖店，吸引着追赶时髦的年轻人。湖南路商场改造后也向中高档商场提升。一九九三年狮子桥改造，从混乱的居民区变成城北的美食街。湖南路地区的街市繁华，生活便利，已经超过了经营半个世纪的山西路广场。

那是我第一次经历城市改造。就城市改造而言，我和大多数市民一样，把这看成一种理所当然、势在必行的变化，除了在施工过程中感到的不便，完全没有意识到还有别的方面需要考虑。早在一九六〇年代，南京就试图将鼓楼广场营造成新的城市中心，然而除了"文革"中一度成为政治活动中心之外，鼓楼广场的商业繁盛遥遥无期。湖南路竟如此迅速地化身为城北的新商业中心区，让我也不禁为之振奋。

省作协选择办公地址时会看中湖南路，并非预料到这里将会发生的变化，而是因为那一带已是江苏省的出版发行中心。当时江苏的八个出版社和新华印刷厂都在中央路、湖南路口，过中央路到百子亭，就是江苏省新华书店，后来在马台街口又建起了图书发行大厦。此外，江苏省文联的宿舍楼就在新华印刷厂南侧的中央路一百四十一号，与省文联分家前的作协领导和老职工多住在那里，上下班也方便。

迁到湖南路后，我们同出版社的联系密切多了，尤其是江苏文艺出版社和译林出版社，可以随时溜过去讨他们的新书刊。我后来也在江苏文艺出版过长篇小说《青铜梦》。另一个是金陵书画社，因其所出版的《金陵五记》《花木丛中》《姑苏游踪》等以国画作封面的散文集，很为我所喜爱，此时发现近在高云岭五十六号，自然也跑得勤。该店除了卖书，也卖书画作品。有次拿出一批水印木刻的齐白石小品，只卖二元五角一张，我挑了七八幅，现在手边还有两幅。湖南路口的省外文书店，有不少印制精美的原版画册，虽然不懂外文，我也喜欢去翻看，碰上特价处理的时候，便会挑上几种。外文书店楼上有对公发行部，省作协资料室可以在那里买到海外进口新书，像台湾陈映真主编的诺贝尔文学奖全集，超豪华的全套精装本。我先是去帮资料室挑书，混熟了后便不免假公济私，买下自己喜爱的书，如日本京都中文出版社一九七九年影印明万历刻本王圻《续文献通考》，十六开布面精装四册，日本学界以此书作为马端临《文献通考》的续书。又如台北黎明文化事业公司一九八〇年修订一版《中国历代战争史》，大三十二开布面精装十八册。据说此书江苏只购进两套，但南京曾有内地影印本出售，删减了若干内容。此书因蒋介石之命编纂，蒋纬国领衔修订，指导委员有王云五、方豪、宋晞、屈万里、陶希圣、黄季陆、蒋复璁、钱穆诸人，可见重视之程度。台北新文丰出版公司一九七九年十月初版《满蒙喇嘛教美术图版》，木盒装八开卡纸图片一百二十五页，署逸见梅荣、仲野半四郎著，系奉天博物馆、奉天实胜寺、锦州广化寺、热河承德、北京雍和宫、蒙古多伦诺尔等地及日本个人所藏喇嘛教建筑、雕塑、绘画的照片，属于专题明确的历史照片。还有一本台湾情歌集《心内话》，装帧设计清新可人，特别是具有浓郁民族风格的插图，引起我对当代插图本的关注，也记住了台北的汉艺色研文化事业有限公司的"诗文之美"丛书。

在如火如荼的湖南路商业圈建设中，文化氛围的生长同样方兴未艾。一九九六年三联商务图书中心开业，虽不能算纯粹的民营书店，但一度是新华书店体系外最大的书店，上下两层楼四百平方米。此店得天时，占地利，又有三联书店做坚强后盾，曾一度十分为人看好。开业之时，我购得中国民间文艺出版社一九八五年影印出版的北大旧刊《歌谣》三册，再就是台湾版《书评书目》合订本全套一部二十六册。该店曾从香港返销了一批三联版图书，颇受欢迎。第二年可一书店与可一画廊揭幕，当即成为南京文化人的雅集之地。其时省作协虽已迁往颐和路二号，但我被调去主持《东方文化周刊》的文化版，参与此类活动正是题中应有之义。且周刊社一度就设在百子亭，到湖南路十分方便。

湖南路东口，正对省军区的裴家桥，在一九八九年拓为云南北路，路东文云巷地块建起了凤凰台饭店。凤凰台饭店的首任总经理蔡玉洗先生，是我二十年的老朋友，他是南京大学中文系的文学博士，在担任江苏文艺出版社社长和译林出版社总编辑之际，就多次与朋友们谈起他的文化理想，希望能利用现有条件多为社会做贡献。一九九八年问世的"华夏书香丛书"就是这种谋划的成果之一。在凤凰台饭店装修过程中，蔡玉洗就提出了"文化凤凰台"的理念，开全国饭店文化之先河，将五楼一层辟为文化活动区，其核心是名为开有益斋的书吧。适逢三联商务图书中心歇业，蔡玉洗博士约我去挑选了一大批图书。这些书读者可以在书吧内阅读，也可以购买。同时他还邀约十来位友人组成编委会，筹办民间读书刊物《开卷》。大家商定做一个读书类的文化刊物，不登虚构作品，不发文学评论。当时我正好脱离《东方文化周刊》回省作协工作，我提供了周刊的作者网络，徐雁先生提供了编《中国读书大辞典》时的作者网络，以此为基础，形成《开卷》的赠阅面与作者圈，占了一个高起点。同时也决定了组稿用稿的原则，以老文化人为重点作者，注意发现新面孔、新作者，在外稿充足的情况下不发编委作品。二〇〇〇年四月《开卷》创刊，很快在全国读书界造成影响，创刊一周年之际又举办了第一届全国民间读书报刊年会，这一年会活动后来由各地读书报刊接续举办，至今薪火相传。

那几年间，是我与湖南路关系最为密切的时期，几乎每月都要去几趟凤凰台饭店处理办刊事务和相关文化活动。直到蔡玉洗从饭店总经理的位置上退休，我们才淡出"文化凤凰台"。此后虽不时参加各出版社的活动，毕竟已是客人的身份了。

肚带营

一九六四年的春节，父母让我去接外婆来吃饭。外婆跟舅舅一家住在高楼门，那年已七十多岁，又是一双小脚，所以我叫了一辆三轮车载她。三轮车沿安仁街、丹凤街、唱经楼、鱼市街一路下坡，十分顺溜，然而穿过珠江路，到了北门桥，桥弓高陡，桥面有冰，车子勉强骑到半坡就往下滑，怎么都过不去。车夫只好下车硬拉，我也跳下车推，亏得有过路人又帮了把手，才登上桥顶。这让我对北门桥留下了深刻的印象。那时南京城里的桥，多已徒有其名，我常经过的侯家桥、管家桥、塘坊桥、小粉桥，都是以桥为路名而不见桥，大家也不以为怪，反倒是保持着本来面目的北门桥，让人感到意外。

二十年后，对南京城的历史有了些了解，我才知道它

走去桥搜高陵的北门桥实在

丁酉年顺

北门桥

是因处于南唐金陵城北门外而得名，桥下的杨吴城濠，古时是重要的交通水道，为了便于船只通行，桥下必须有足够高的圆拱。与北门桥相类的，还有一座内桥，那是南唐宫城南门外的桥，桥下的秦淮中支，也是一条贯通东西的重要水道。古人画桥一定画成高高的桥弓，并不是因为好看，只是写实而已。

因为金陵城北垣只开一座城门，南北干道必得经这北门出城，北门桥正当水陆交通枢纽，遂成为繁华的商品集散地，现在还留下了鱼市街、鸡鹅巷、估衣廊等地名。明初建都之际，虽然拆除了金陵城的北墙，但老城中南北干道定型已数百年，没有必要改变，北门桥恰又处于城南居民区、城东皇宫区与城北军事区之间，仍不失为商业大市之一。《洪武京城图志》有记载："北门桥市，在洪武街口，多卖鸡鹅鱼菜等物。"新城区的道路亦由北门桥延伸，北行过唱经楼可至神策门，西北沿唱经楼西街、黄泥冈，过鼓楼，直到仪凤门长江边，更凸显出其重要性。就连严令禁止民间商业贸易的太平天国，也曾在北门桥开设过"买卖街"。看民国年间的老照片，那一带不仅商铺云集，百业兴盛，且设有"北门桥邮务支局"。

《白下琐言》卷一中记载，作为重要的南北干道，自评事街到北门桥的高井大街（今丰富路、糖坊桥一线）和其他几条官街一样，"极其宽廓，可容九轨，左右皆缭以官廊，以蔽风雨"。至迟在乾隆年间，这条南北干道与西华门大街的交汇处，已出现了新街口这个地名，其位置正在今新街口广场中。然而，正是因为需要经过北门桥，自新街口至鼓楼的道路便有一个明显的弯折。一九二八年修中山大道时，从鼓楼到新街口取为直线，即今中山路。与下关地区得益于现代交通而繁荣相反，北门桥成了现代交通的一个牺牲品，被甩下交通干道后逐渐衰落，终于只剩下了老旧的居民区和菜市场。

杨吴城濠东行经莲花桥、通贤桥、浮桥、太平北路桥、太平桥，至竺桥转而向南，到东水关汇入秦淮河。北门桥向东，据《洪武京城图志》记载，当时即有一条洪武街，民国年间被拓并入珠江路。杨吴城濠西接干河沿，直到乌龙潭，可与长江相通。那一带便是袁枚的随园所在了。随园与《红楼梦》中的大观园有着一言难尽的关系。《红楼梦》第四十七回中，写柳湘莲"跨马直出北门，桥上等候薛蟠"，两人过了桥，"渐渐人烟稀少"，"且有一带苇塘"，与袁枚"北门桥转水田西，路少行人鸟渐啼"的描写，正相吻合，可见《红楼梦》中的"北门外头桥"，很可能就是以北门桥为原型的。

我会在北门桥的来龙去脉上这样下功夫，并不是因为少年时的惊鸿一瞥，而是省作协在肚带营新建了职工宿舍，我分到一套袖珍型的三居室，自一九八九年迁入，到二○○一年搬出，与北门桥做了整整十二年的邻居。

　　省作协的宿舍楼位于长江路北侧的两条平行小巷之间，南临肚带营，北临相府营，南北两幢六层楼，东面的楼偏南一半也是六层，偏北一半是两层，西边是一幢五层楼，围成一个四合院形式，不知道为什么会设计成这个模样。我分到的是西面一幢四楼的套房，东西向，虽然不足七十平方米，但总算在不惑之年，有了一个安居乐业之地。女儿可以有自己的小房间，我也可以有一间七平方米的书房。我自己设计，请木匠打了五个顶天立地的书橱，十余年来所买的书，存在父母家、岳父母家和办公室中的，如今都应召归来，阅读翻查大为方便。我将书房命名为止水轩，是以书为文化长河之止水的意思，并用《止水轩书影》作为第二本书话集的书名，还请季羡林先生写了题签。

　　然而读书越多，意识到的短板也越多，使我不得不去买更多的书。当时新兴起的民营书店立刻吸引了我。距肚带营不远，碑亭巷口近浮桥处的耕耘书店，在早期民营书店中是影响较大的一家，那地点并不算好，但店主选书有眼光，进书比新华书店快，服务态度也好，吸引了不少读书人。

在社会上产生广泛影响，叫响了民营书店这块牌子的，则是新知书店。这是邱禹、陈琦等三位研究生创办的，眼光、气度自非同一般。他们起初承包了草场门江苏教育学院门口的小书店，因为直接从各地出版社进书，且文化品位较高，很快做出特色。南京的文化人口耳相传，不怕路途遥远前去访书，也使他们坚定了信心，遂在一九九二年夏天，以每年三万元的租金租下了成贤街南京图书馆门口四十平方米的店面，这在南京民营书店中是空前的。那正是新书价格逐年走高的时期，他们不辞劳苦，"为书找读者，为读者找书"，到京、沪各出版社书库中寻找一九八〇年代初的压库书，仍按原价出售，自然高朋满座。每当有新书到货，店里在拆包上架，门外已挤满了等候的人。我在这里就买到不少早年因学力不够而错过的新印古籍，好几次都是叫了三轮车往家里拖。

此情此景，也引起了新闻媒体的注意，电台为此做了专题节目。当时南京发行量最大的《扬子晚报》约我写了报告文学《传播新知的研究生们》，一九九三年一月连载七天，至少在南京，是第一次如此大张旗鼓地为民营书店做宣传。

与此同时，大行宫东北角开了一家国学书店，其前身是南京博物院门口的学术书店，以文物和艺术类图书为主，包括港台版图书杂志，且有文玩小件出售，也是有特色的民营书店之一。直到二〇〇〇年冬当地拆迁筹建南京图书馆新馆为止，将近十年，国学书店虽未太红火过，但也未太冷清过。由国学书店南行不远，就是杨公井古籍书店，当时还有线装古籍出售，尤其是民国年间出版的南京地方文献，价格也不算贵。我与负责古籍销售的林海金先生已经很熟，每逢店里搞营销活动，都可以提前进入挑书。一九九一年南京古籍书店影印出版《南京文献》和《香艳丛书》，"影印说明"都是我帮他们写的。

再往南，就是后起之秀的先锋书店了，一九九六年在太平南路创办时，只有十来平方米的店面，沿后墙一排书架，有三个人进店看书，店主钱晓华就得站到人行道上去。先锋书店后来迁到南京大学后门口，离北门桥近在咫尺，我常去买书，钱晓华也到我家里看书，为书满为患感慨，并在二〇〇〇年初策划了一个"藏书家旧书展销"，主要就是展销他动员我剔出的一千五百余册旧书，徐雁等先生提供的书都不多。这事被几家报纸当成新闻，为藏书家迫于住房困难而卖书抱屈——可是结果呢，家中的书好像并未见少，而心里总在为那些被卖掉的书惋叹，最后不得不下决心换大一些的住房。

止水轩的东窗正对紫金山，每日爬格子间，一抬头，或是"钟山晴岚"，或是"钟山风雨"，仿佛临窗处挂着一轴活泼泼的水墨画，前人视为佳景的，在我只是寻常。当时的长江路，自香铺营到网巾市一段，临街多是两层楼的民国住宅，楼下是漆红的板壁，开单扇门，楼上的房间稍后退，让出一条窄廊，相当于阳台，外侧护以一米高的雕木栏杆。后院和夹巷里多有大树，叶生叶落，绘出我东窗的四季。

就是在这间小书房里，我完成了自己人生途程的又一次蜕变，由主要从事小说创作，转向非虚构的文化写作。促成这一转变的因素是多方面的，根本的一条，自是读书日多，眼界渐开，但也有一个重要的机缘，就是一九九六年我被调去创办《东方文化周刊》。当时我们聘请了北京的季羡林、钟敬文、王世襄、萧乾、冯亦代、吴作人、冯其庸、刘梦溪和上海的施蛰存、柯灵先生担任顾问，每一期选一位当代文化名人作为封面人物，配专版文章作推介。几位顾问之外，程千帆、赵瑞蕻、吴小如、华君武、丁聪诸先生都曾为周刊撰稿，姜德明、陈子善、王稼句、徐雁、龚明德诸先生是我们的骨干作者。在与这些真文化人的交往中，我才真正打开了文化视野，也看到比写小说更值得我投入的文化事业。

省作协宿舍楼大门朝西，开在与南京市美术公司大楼之间形成的夹巷中，门牌标肚带营十八号。我们进进出出，都要走这条夹巷，或北转到相府营，或南行到长江路，几乎没有走进过肚带营那条巷子。有趣的是，只隔一条长江路，对面就是我小时候住过个把月的田吉营。在这种身不由己的漂泊中，居然能够重逢旧地，确实要算难得的机缘。田吉营南至青石街，西有小巷通上乘庵，当年那幢建筑还在，只是已换了主人。我得新主人允许，进去看过建筑的内部格局，印证了儿时的记忆。据说田吉营原名田鸡营，因清代仍是一片水塘，多青蛙，民国年间建成民居，改名田吉营。此时青石街尚有河道、水塘，绿荫笼罩的小园墅，黑漆板门的老宅院，相当幽静。

肚带营这个地名，颇不雅驯。其时又是脐下文学甚嚣尘上之际，大家不免疑惑为何不将大门朝北开向相府营，而偏要挂肚带营的门牌。相府营不但地名好听，且已经过一轮城市改造，建成整齐的多层住宅楼，临街的门面房开出各式生活服务店铺，而肚带营小巷狭窄，两面多是低矮破败的老宅。后来得知，因为肚带营属长江路小学和九中的学区，事关子女入学大事，地名好丑也就没人计较了。我后来查出，肚带营这地名历史悠久，是明初建都时，为军马制作马肚带的作坊及市场所在，因军工行业而得名，堂堂正正，完全没有绯色可供人遐想。

类似的地名，附近还有网巾市。印象中网巾只与梳"巴巴头"的老太太有关，实则古代男子戴头巾，须先用网巾网住头发。明人周晖《续金陵琐事》中记载了这样一段掌故："太祖一夕微行至神乐观，见一道士结网巾，问曰：'此何物耶？'对曰：'此网巾也，用以裹之头上，万发皆齐矣。'次日有旨，召神乐观结网巾道士，命为道官，仍取其网巾，遂为定式。"小小网巾关系到士绅官员的仪表端正，而网巾市当是明初形成的网巾作坊与市场。

探究这一带地名的来由，遂成为我的一种乐趣。

相府营东至网巾市，西至香铺营，传说系明代某相府旧地，实则来历不明。明洪武十三年改行内阁制，此前居相位者不过数人，且多不得善终，后人未必敢存其相府之名。与相府营只隔一条长江路的邓府巷，是明初曾居相位的邓愈府第，也不称相府。直到晚清，陈作霖《钟南淮北区域志》中尚未提及相府营这地名，所以我很怀疑它原是香铺营的支巷，与田吉营一样，民国年间雅化为相府营。

香铺营是这一带的交通要道，路面宽阔，南至长江路与上乘庵相对，北至鸡鹅巷接白井廊，过杨吴城濠和珠江路即是进香河路，因旧时香铺云集而得名。进香河因明代初年在北极阁下建十庙而得名，所以香铺营的出现也不会早于明代。但是进香河历史悠久，前身是东吴时开凿的潮沟，也是建康城西面的屏障。

虽然早在一九八七年，香铺营和上乘庵、白井廊都被拓并入洪武北路，但大家习惯上仍以老地名相称。直到一九九二年跨杨吴城濠的洪武北路桥建成，次年路面再度拓宽，洪武北路的名字才渐渐叫开。此次拓宽工程中，与相府营隔路相望的公余联欢社，被拆除了东面围墙和部分建筑，内院敞开，我们也就常蹓进那个民国风貌的院落里散步。当时那里归江苏歌舞团使用，跟省作协算是兄弟单位，小剧场有演出时也会送点门票给我们。

洪武北路可以说是新街口四环路的一种延伸。一九八六年，为了缓解新街口地区难以承载的巨大交通压力，辟建了保护新街口的小四环路，将原华侨路、管家桥、铁管巷、石鼓路、淮海路、洪武路、上乘庵等路段拓宽，连接长江路西段而成，以分流经过新街口广场的车辆。管家桥拓宽路面时，为了埋地下管线，西侧挖到两米来深，还是明显的碎砖石堆积层，其间夹杂着青白瓷片。这也让我理解了什么叫文化土层。

洪武北路南接洪武路，都让人想到大明王朝。洪武北路一带的老地名，安将军巷、杨将军巷、邓府巷、刘军师桥等，确也多形成于明代。而历史更悠久的，当是始于南唐的北门桥。

由肚带营到北门桥，不过一箭之地。沿洪武北路走到鸡鹅巷，西转进估衣廊，北门桥就在眼前了。实则洪武北路西侧的几条小巷都可以转到估衣廊，路还要近一点。

估衣廊，亦称故衣廊，就是服装市场。《白下琐言》卷六记载："城内有三故衣廊，一在花市之南，一在斗门桥之西，一在北门桥之南。其地多故衣铺，为旌德人裁缝聚处之所。惟北门桥尚有旧廊，余皆民居侵占矣。"北门桥估衣廊能够兴盛不衰，是因为长期处于南北交通干道上，其东面街巷名廊东街，西面街巷名廊后街（旧名廊背后）。估衣廊中，除有裁缝代制新衣，也有旧衣物出售。现在的人很难理解过去人们对旧衣物的热情。没有能力置备新衣的人，只能买旧衣穿。所谓估衣，有的是富贵人家淘汰的，有的是别人遗落的或偷盗来的，有的甚至是死人的衣物。估衣廊稍南，现新街口百货公司东面的小巷，旧名破布营，据说是回收晾晒破布的地方。直到二十世纪中叶，旧衣物仍是旧货市场中的商品大宗，而国家发放布票一度更加剧了这种需求。一九九〇年代取消布票后，旧衣物交易才渐渐消失。此时估衣廊的廊棚已不可见，但街面仍较一般老街为宽，两边的传统宅院也比较整齐，或两进或三进，门前多有青石门槛和石阶。

北门桥周边的历史遗迹甚多，最有名的要数桥北的唱经楼，据说是明成祖仁孝皇后所建。仁孝皇后是徐达的大女儿，但她的娘家人拥戴建文帝朱允炆，始终拒绝与明成祖朱棣合作，她选择在这交通道口建唱经楼，心思未免有些微妙。也有人说唱经楼始建于南唐，是李后主的忏经楼。我得见的是一幢明清样式的二层小楼，正处在唱经楼街与唱经楼西街相交的斜角上，平面呈南窄北宽的梯形。楼下正对北门桥的南门里是个小戏园，时有地方戏的演唱，两侧则有些小商家铺面。听说二楼尚供有佛像，我没有上去过。民国年间张恨水先生曾住在那一带，后来以附近的市井故事为原型，写成了长篇小说《丹凤街》。同住在丹凤街的，还有一个胡兰成，因了张爱玲的缘故名噪一时。

但是更有价值的，该是鱼市街西侧焦状元巷中的焦竑故居。明代开国二百余年，南京一直没有出过状元，直到万历年间焦竑"破天荒"。焦竑著作等身，藏书数万卷，其藏书楼五车楼当时保存完好，楼前水池尚在，格局与宁波天一阁相仿，建筑也只晚于天一阁三十年。徐雁先生曾约了我去看过。天一阁如今是国宝，五车楼却在一九九二年建同仁大厦时被拆毁。记得消息传出，南京不少文化人都去做最后的凭吊。尽管南京的明代建筑当时已成凤毛麟角，文物部门面对权力与资本的合谋，也只能拍下一组照片作为纪念。当时有关部门解释说，已将原建筑构件编号保存，待同仁大厦建成后将就近择地重建。然而时至今日，不说五车楼了，连焦状元巷这地名也已泯灭无迹。

北门桥南的鸡鹅巷中，也住过两个名人。一个是南明弘光年间的权臣马士英，为官贪鄙，时有"扫尽江南钱，填塞马家口"的民谣。清军渡江，马士英随弘光皇帝出逃，愤怒的南京人把马家拆成了一片平地，据说直到清代中期，仍没有人在那块地上盖房子。另一个是民国年间的戴笠，住在鸡鹅巷五十三号，戴笠死后成了他的纪念堂。原有中式平房一幢，西式平房和楼房各一幢，也都在二十世纪末的"老城改造"中被拆。

一九九七年鸡鹅巷拆迁时，居民曾有激烈的抵抗，在巷口砌起矮墙，设置路障，居民轮流值守。不少记者曾去拍照采访，但得到的指示是不许报道。……我不是记者，对此就更没有发言权。但是我密切关注和认真思考城市改造中人的命运问题，正是由此开始的。二〇〇三年八月二十二日，邓府巷地块的掠夺式拆迁，导致房主翁彪在拆迁办自焚身亡，影响波及全国，在国务院领导直接干预下，南京终于颁行了较为合理的拆迁补偿标准。那以后，我有机会为南京的城市规划和历史文化名城保护工作尽一分力量，为不得不背井离乡的弱势群体争一点权益，但鸡鹅巷拆迁和翁彪自焚的记忆始终耿耿于怀，每一思及，悲酸悸痛，难以纾解，终于在十几年后，以北门桥为背景，写了两本长篇小说：《城》与《盛世华年》。

随着桥南北道路在历次维修中垫高，北门桥的桥坡也逐渐趋缓。一九九四年拓宽北门桥路，连带着将北门桥也大幅加宽，现在桥基和桥拱尚存，保持旧貌的桥面，只剩西边一侧的桥栏和步道，东边的桥面和桥栏都是新建的了。

颐和路

一九九四年七月，南京图书馆古籍部从颐和路二号迁往虎踞路新馆，省政府决定将颐和路二号拨给省作协和省文艺基金会做办公室，经过加固和简单装修，那年冬天搬入，省作协与省文联分开后，漂泊十年，终于有了一个稳定的安身之处。

还是在南钢工作的时候，我在南京图书馆办了一个借书证。当时能买到的书不多，读书主要还是靠借阅，听说南图在成贤街馆址之外，另有一个古籍部，不禁好奇，便按图索骥，找到了颐和路二号。没想到在门口登记处就被拦住了，需要介绍信，看我拿出的是南钢的工作证，便又问我在研究什么课题，需要看哪一方面的书。我又不能说就是想看看古籍什么模样，只有知难而退。这也促使我后来下决心买书，能买到的书就尽量自己买，不必求人，用起来还方便。此后有两年，鼓楼区图书馆黄梅季前处理剔旧书，我都去买过一些。鼓楼区图书馆址设在江苏路环交广场中心，原鼓楼区公所旧址，一路之隔便是南图古籍部。当时就想，哪天南图古籍部处理剔旧书就好了。

在研究周佛海故居的同时，我也注意到了陈群和他的泽存书库。与周佛海的盖棺定论不同，对陈群的评价正在发生微妙的变化，其中最重要的因素，就是陈群临终前留下遗嘱，将泽存书库的全部藏书上交国家。这么一来，他在南京沦陷时期利用汪伪政府高官身份搜集珍贵古籍，就有了为中华民族保存文献的意义，至少也可以算是一种悔过的表示吧。而且泽存书库所藏古籍多达四十余万册，其中有善本四千四百多部，四万五千多册，确也是一笔珍贵的文化财富。

一九九〇年代是我对藏书最入迷的时期，买书而外，对历代藏书文献、藏书掌故，也十分热心。南京有史以来藏书家不多，能达到陈群这个水平的更是屈指可数。搜求泽存书库的遗藏自是奢望，泽存书库的藏本，我后来在南京图书馆见过一些。在旧书市场上，我只买到过泽存书库特制的宣纸书签条，以及几种陈群捐赠给某学校的书，封面上粘贴有"陈人鹤先生赠书"的标签。

而今真的自由行走在泽存书库中，心中还免不了那样一种神秘感，忍不住楼上楼下，把每个房间都转了一遍。这幢建筑处在江苏路环交广场西侧，颐和路与珞珈路的夹角上，东窄西宽，成了不规则的多边形。大门朝东，进门后是一个大院落，在一丛灌木的围护中，两棵高大的雪松，树龄都在百年以上了。三层书楼呈环形封闭式，朝院内一侧有走廊，朝外侧开窗。开间稍大的房内，都支撑着粗大的木架梁，据说是因为建筑外墙内倾，不得不以此加固。但作协装修时将原来的清水墙面全部贴上白色马赛克，不能不说是严重的败笔。

　　当时我在雨花编辑部任编辑，编辑部在三楼西南角，一个大通间，用一米五高的板障分隔成六块，光线不是太好，我和美编部科的办公桌在房间中部，白天也要开灯。三楼的西北角是钟山编辑部，也是一个大通间。两个大通间之间的小房间，给两个刊物的主编办公。雨花的主编当时还是叶至诚先生，办刊有自己的原则，而跟编辑们的关系都很融洽。时间长了，新奇感消失，便感觉这楼实在只适合做书库，人待在里面不免郁闷。我们楼下的邻院，据说是冯玉祥的产业，住着他的侄儿。此人每年秋天，都要在院子里焚烧落叶，我们关了窗户都挡不住烟气。有人过去交涉，几乎被大扫帚打出，真正叫"秀才遇见兵"。

我在一九九六年八月被调去办《东方文化周刊》，三年后回作协，发现院子里变了样，两棵大雪松都不见了。一打听，原来是北面临珞珈路的房屋被出租给人破墙开饭店，饭店的后场朝向内院，污水成年就朝雪松树下泼，没几年雪松就都枯死了。那块地空出来，正好做了领导们的停车场。

我回作协帮着编了两年《江苏省志·文学志》，后来进创作室做专业作家，不用坐班，就很少去机关。再后来就听说省政府在河西新城给作协盖了新办公楼，临到要搬家了，才感觉到对这幢建筑的依依不舍之情。我给领导出主意，江苏是中国的文学大省，可建议省里成立江苏文学馆，把泽存书库留作江苏文学馆馆址，恢复它本真的藏书楼功能，也有利于保护这幢历史建筑。然而正逢作协换届之际，没人对此有兴趣。结果省作协二〇〇九年搬到梦都大街五十号，与省文联、省方志馆、省科协共用一幢新大楼，新楼配置最现代化的设施，使用面积自然也扩大了许多。但有涉足房地产交易的朋友悄悄告诉我，这新楼肯定卖不出老楼的价钱来。而泽存书库旧址拨给省级机关医院做办公楼，空关了七八年，听说最近又在搞装修了。

颐和路公馆区，是南京城内一个特殊的片区。虽说我在新街口住过民国年间的公馆建筑，但那里其实已经变为大杂院，难以感受到民国公馆的气息了。

在省作协搬入颐和路之前，我也曾来过这里几回。一回是一九八四年夏天，作协还在东宫办公，时年八十七岁的段熙仲先生，亲自前来交回创联部要求填写的作家登记表。认识他的创联部领导大吃一惊，问候了老人的近况，便赶紧让我送段先生回家，并叮嘱一定要送进家门。当时没有的士，我扶着段先生去乘五路公交车到大行宫，再换三路车到江苏路。上了公交车，我说明老人已八十多岁，马上有人给他让座。看段先生的模样，也就像五六十岁吧！他个子不高，身材瘦削，面目清秀，说话慢声细语。段先生住在赤壁路，我那时完全弄不清方向，还是老人指点着，左拐右转，才把他送进家门。虽说那是幢小洋楼，看上去也是气息颓败了。据章品镇先生说，南京师范学院（今南京师范大学）盖起新的教工宿舍，也分了一套给段先生，段先生不肯搬家，因为新房子离南图古籍部远了。我也是以南图古籍部为坐标，才找到返回的路。

还有一回是去孙望先生家送材料。当时孙先生住在天竺路二号，是一个独立的小院，院内花木葱茏，十分幽静。

孙先生有独立的书房，让我好生羡慕。临走时孙先生一定要送，我知道他身体不好，一再请他留步，他还是坚持送到小院门口。那年他才七十来岁，但弱不禁风的样子，还不及段先生强健。

当年还有不少老文化人住在颐和路公馆区，但是到省作协搬进颐和路之际，就已经很少了。那一片的环境变得格外严肃而寂静。一堵堵坚硬的围墙，一扇扇紧闭的大门，以至不时闪现的警卫人员身影，令人不能不意识到界限的森严，使围墙内的一切越发弥漫出神秘的色彩。有时在院墙外观看民国建筑，议论的声音高了，都会有人出来劝我们离开。但也有例外的情况，每年总有几回，会看到几个乡间打扮的中老年人，坐在路牙上抽烟，身边堆着几个鼓鼓囊囊的蛇皮袋，反而无人过问。听说那是某位首长老家来人了，家里不知该怎么接待，要等首长下班回来安排。

当然我对公馆的新住户也不感兴趣，想了解的只是建造公馆的那一代人，那是经常会在史籍中碰到、甚至连教科书也无法绕开的人物。以我当时的民国史知识，已知道颐和路住过汪精卫、顾祝同、阎锡山、邹鲁、褚民谊、王耀武；江苏路住过薛岳、陈布雷、熊斌；宁海路住过马歇尔、马鸿逵、黄仁霖、黄伯度；牯岭路住过胡琏、马超俊、蒋梦麟、张镇；琅玡路住过杭立武、周至柔、白云梯、陈昌祖；宁夏路住过于右任、孙连仲、谷正鼎；赤壁路住过钮永建、朱家骅、余青松；珞珈路住过汤恩伯、马星野；灵隐路住过甘乃光、叶溯中；普陀路住过蒋纬国、陈诚；莫干路住过范汉杰；西康路住过冷欣、梁寒操、刘健群、田培林；天竺路住过胡小石、吴经熊、郑烈等。流行的宣传语道"一条颐和路，半部民国史"，可谓并不夸张。我很希望弄清他们的故居是哪一幢建筑，能够由这现实场景，让人渐渐走进民国的岁月，为当年的历史增添些许有温度的细节。然而这只是一种极不现实的梦想，姑不论现在的住户不会让你进入院内，就连当年的门牌编号也早已被改变，使人难以确认旧迹。

退而求其次，我只能漫步于街路，遥观其建筑。这一带的公馆建筑，不同于大屋顶的政务建筑，也不同于现代里弄建筑，更不同于商业建筑，形成南京城内一片独特的风景，自在意料之中，而二百多幢公馆建筑风格各异，极少雷同，尤其令人赞叹。后来读到《首都计划》，才知道这是严格依照规划要求实施的，建筑风貌之外，其空间布局、道路尺度、院落划分、内外绿化、排水雨污分流系统等各方面，也都有明确规定。排水雨污分流，在当时是非常先进的理念。直到今日，南京城区的雨污分流问题仍未完全解决，就连雨水排放也还是问题。每逢暴雨，新城区几乎无处不淹，甚至可以"看海"，而颐和路一带从来不见积水。

那一带的路网设计也有意思，走不多远就有一个环交广场，多条道路相交，而且道路的名称都是小风景名胜地，宽度差不多，路旁的公馆院墙又一律粉成了乳黄色，稍不留意就会转错了道，斜岔出去越走越远。我是有意挑着不同的路线走，再对照地图，总算弄清楚了。颐和路公馆区的中轴线就是东北、西南走向的颐和路，东北接山西路，与中山北路直角相交。与颐和路垂直相交的，有江苏路、牯岭路、琅玡路，江苏路至大方巷又转折至宁海路广场与牯岭路垂直相交。与颐和路平行并与牯岭路垂直相交的，有宁夏路、赤壁路、珞珈路及灵隐路、普陀路、莫干路。宁夏路、江苏路、莫干路、琅玡路大致围合成一个方形。而在颐和路的西南口，又有西康路斜行向北，经珞珈路交宁夏路，有天竺路斜行向南交普陀路。江苏路与颐和路、山西路十字相交处，辟建江苏路广场，但江苏路与颐和路之间，又被一条宁海路中分，江苏路与山西路之间，被四卫头中分，珞珈路也不是直行交江苏路，而是半途弯折转入江苏路广场，使这广场竟有六条道路七个路口平交。开车的人还有单行道的问题，转错一个弯就不知要绕多少路，所以不少出租车司机都不肯进这一片。

我得以走进颐和路公馆区，其实是在省作协搬离泽存书库之后，也要算偶然的机缘，我有幸参与了颐和路十二片区的文化建设。

　　所谓十二片区，是在颐和路公馆区内部，以道路划分为大小不等、形状不同的十二个片区。第十二片区位于宁海路与江苏路围合的三角地带，也是公馆区最东面的地块，其综合整治肇始于二〇〇三年。因为"文革"时期的管理混乱，第十二片区内二十六幢民国公馆中，竟住进了三百多户居民，完全成了个大杂院，破损状况相当严重。我们来来往往十余年，都没意识到这也是公馆区的一部分。鼓楼区政府决定先行启动这一片区的整治工作，以重现民国公馆建筑群的魅力，让世人能够更直观地了解民国南京的独特都市风貌。

　　第十二片区虽然位于颐和路公馆区的东缘，但是各公馆的主人并不"边缘"。江苏路二十三号公馆主人，是在北伐战争中被称为"老虎崽"、抗日战争中荣膺"战神"美誉的薛岳将军，他指挥四次长沙会战，消灭日寇十万多人，成为民国十大抗日名将之一。江苏路十五号公馆，原为蒋介石的"文胆"陈布雷居住，也是他殒命之处。宁海路十五号公馆主人黄仁霖，曾任国民政府的"特勤总管"，就是他将自助餐和集体婚礼等新生活方式引入中国。这幢建筑一度被瑞士租用作为驻华公使馆。辛亥革命元老张笃伦，原三青团中央干事吴兆棠，原北平市长熊斌，曾任中央大学校长的留法博士杨公达，历史学家光仁洪，铁路工程师杨莘臣，民国救济总署工程师翁存斋，以及中将袁守谦、少将李子敬和刘嘉树等抗战将领，都曾在这里置业安家。丰厚的历史文化资源，足以使其成为展示南京民国建筑、民国文化的窗口。

"民国建筑看南京"，是南京人引为自豪的宣传语。作为中华民国的旧都，特别是经过一九二七年至一九三七年首都建设的"黄金十年"，南京民国建筑的分布之广、类型之多、质量之高、风格之美，确实无与伦比。然而时至今日，民国建筑类型的缺失状况已相当严重，保存较好的，只有政务建筑和公馆建筑两种类型。教育建筑中，中央大学、金陵大学、金陵女子文理学院等高校旧址还算好，中小学则毁坏严重。新街口、三山街、太平南路一带的商业建筑几乎全军覆灭，金融、邮政建筑所剩无几，影剧院、餐馆、浴室、舞厅等娱乐休闲场所更是毁损殆尽。散布城中的民居建筑大量被拆除，仅余慧园里、复成新村等几处小片区。下关沿江地区的工业、交通建筑近年才得到重视。由于建筑类型的缺失，弄得好像民国年间人们都是住在公馆里，到大屋顶机关去上班。同样严重的问题，是在民国建筑的保护工作中，修缮不注重保持原真性、保存民国建筑元素和细节，一说适应现代功能需要，往往就连建筑外观一起改造，甚至推平重建。更多的是只保住了点，而忽略了面。环境改变随心所欲，弄得不伦不类。道路任意拓宽，破坏原有的空间结构和街巷肌理，以至失去原生态氛围的孤立建筑近乎僵死的标本。

同样令人困惑的问题，是历史建筑的保护和利用之间，怎样才能找到一个平衡点。普遍情况是诸多民国典范建筑在用纳税人的钱修缮后，除了作为旅游景点开放的以外，多半仍然被各种机关或公司单位所占据，将广大市民拒之门外。

如何改变社会公共资源被少数人占有的不公平状况，让公众得以共享？对第十二片区中二十六幢公馆建筑，主要由南京市国资集团投资兴建的颐和公馆进行开发利用，便成为一种新尝试。其维修过程中，工地虽然砌了围墙，但时常开着门，仍有机会看到内里的进展。我还陪周琦、周学鹰两位专家进工地察看过维修保护工作情况。在保存民国建筑整体风貌上，应该说是做得相当好的。当时完全没想到，我有机会参与颐和公馆的文化策划工作。

二〇一二年冬，颐和公馆内部装修之际，朱文勃总经理希望能得到文化界的支持，以更好地营造、重现民国文化氛围。她与南京市文联联系，结果文联推荐了我。谈起对这一组民国公馆的保护与活化，我们很快达成了共识。颐和公馆内的二十六幢建筑，外观基本上保持了民国风貌，内部装修和陈设也显示了对民国元素的强调和追求。在公共空间的命名上，我建议借用民国南京文化名人的别号斋名，以触发人们的文化记忆，踪迹当年的文化辉煌。薛岳故居辟为抗日战争纪念馆，陈布雷故居中保留了一个陈列原主人生平图片、著作和手迹的书房。黄仁霖故居等几幢文物建筑，都辟为不同主题的民国风情展览馆。邓寿荃故居则由象甲书店打造成一个文化交流平台。这都是注入现代生活元素的有益实验。公馆领导高度重视职工文化素养的提升，以多种方式进行培训，我也经常参加他们的文化活动。公馆区内的咖啡座，陈设典雅，并专门聘请米其林点心师制作西点。中餐馆里以民国菜为主打，每一个菜的命名都有与民国人物、民国事件相关的典故。更重要的是，颐和公馆保持了相当大的社会开放度，游客和居民都可以自由进入，参观休闲，使"民国建筑看南京"不再是远望遥观，也不止于走马看花，而是真正让人能够走入民国公馆，领略公馆生活的风情。颐和公馆成为颐和路公馆区第一个敞开的窗口，成了激活历史文化空间的一种新尝试。几年的努力，也得到了回报，二〇一四年十二月，颐和公馆获得联合国教科文组织二〇一四年度亚太地区文化遗产保护荣誉奖，这是当年中国的唯一获奖项目，也是南京市首次有项目获得这个奖项。

堂子街

不知从什么时候开始，堂子街成了南京人口中旧货市场的代称。

固然，二十世纪后半叶，堂子街确是南京的旧货集散地，现在仍以收售旧货为主业，但南京的旧货市场，并不限于堂子街。即以我所见，西起堂子街，东至王府大街建邺路口，北沿莫愁路至汉中路，南沿仓巷至安品街、木屐巷，环绕着朝天宫的这一大片区域，都曾是流动摊贩的经营地，旧时所谓"黑市""鬼市"，也就是夜间开市，近年则一度被规范为早市。

这种旧货市场与新街口西北角固定摊位、整日经营的摊贩市场不同，一是偶遇感，卖家或来或不来，摊位谁占谁得，货物回回不同，令买家常有发现的乐趣；一是紧迫感，黑市天亮即散，早市也只到七八点钟，稍纵即逝，一旦错过即可能是终身遗憾，令买家不敢犹豫。而买家与卖家的身份也随时可能变化，卖家发现有利可图的货物，会买下自用或转手倒卖，买家受不住高利的诱惑，刚到手的东西也可能转让他人。

南京黑市的历史，至少可以追溯到明代，万历年间顾起元《客座赘语》中，就有"金陵市合月光里"的记载。清中期《白下琐言》记载，"城内有三故衣廊，一在花市之南，一在斗门桥之西，一在北门桥之南"，旧衣之外，也有其他旧货经营。有资料统计，抗战前南京估衣店有一百三十多家，主要分布在水西门、建康路一带，旧货业有一百四十多家，分行业相对集中，如古玩店多在夫子庙，旧书店多在太平路。尤其是改朝换代，社会发生大动荡的时期，黑市就更为兴盛。纪庸先生《白门买书记》中写到有旧书铺在莫愁路一带黑市收货。黄永年先生也写到抗战胜利后流入南京书市的"印制确实精美的考古发掘资料和大型艺术类书籍"。家父则在一九四九年夏买到美军的行军床、帐和军用毛毯，那行军床我直睡到上高中，帐子和毛毯都被我带到插队的乡下，成了漂泊异乡时难得的温情伴侣。一九五六年初夏，我们家住在石鼓路的时候，父亲曾领我去过莫愁路口的早市，买回四张小板凳。那其实不是旧货，而是手艺人做的小家什，一张只卖一角钱。我们家搬到沈举人巷以后，父亲花一块钱买回张胡桃木的旧圈手靠椅，很得意了一些日子。那椅子也成了父亲喜爱的专座，一九八〇年代，椅背散架了，父亲用环氧树脂粘起来继续坐。

"文化大革命"以"破四旧"为前驱，许多人家藏的各种财宝珍玩，或扔了或烧了，胆子大点的人，也是三文不值二文卖给了"挑高箩"收旧货的。收旧货是一种流传久远的行业，南京收旧货者的标志，就是一根扁担，挑着两个圆柱体的高大竹箩，所以市民形象地称其为"挑高箩"。他们走街串巷，吆喝词是"破布烂棉花拿来卖钱"，低到尘埃里，但对于金珠玉宝的见识，绝非常人可比。各人白天收的货，晚上在家分门别类理开，在那个物资极度贫乏的时代，世无弃物，旧衣裳洗净、染色自有人买去穿，废铜烂铁可以回炉，废橡胶可以生产再生胶，杂骨可以炼骨胶、骨油，烂棉花可以重弹成棉絮，破布可以裱成骨子做鞋底，最后无法利用的边角残料还可以用来造纸。次日清晨送到回收点换钱。回收点相对集中，如破布多在秣陵路，废旧金属在大王府巷和小王府巷，而莫愁路旧货业无所不包，是最重要的集散地。古玩店、旧书铺、拍卖行、旧货店、小作坊以至定点摊贩、各路玩家，都会在此收货，这又是一次眼光和修为的大比拼。收旧行业同样是父子相传、师徒相授，不乏从业多年甚至数代者，立场极坚定，无论高音喇叭里怎样唱高调、发通牒，他们对"四旧"仍坚持自己的看法，不露声色地将有价值的旧器物剔出，暗中收储。看上去，堂子街旧货市场已被整肃规范，固定了摊位，主要为厂矿单位调剂多余物资、残次品、"出口转内销"商品等工业、副业生产资料或日常生活用品，然而一待时机合适，"四旧"市场便会卷土重来。

　　"文革"后期，社会秩序表面上趋于安定，渐有爱书之心不死的人，慢慢觅到堂子街旧货市场，从"废纸"中搜求可读的旧书，而往往有令人惊喜的收获。最初的交易还处于半公开的状态，不是熟面孔就很难看到像样的书，但书价也极低廉。我的一位忘年交朋友，曾收到了几乎全套的原版《故宫周刊》，只花了当时一个月的生活费。一些家境清寒又有下乡子女必须接济的知识分子，也会将劫余的旧书，偷偷地带去换度日的柴米。他们在地上铺一张旧报纸，放上几本书，袖手侧立一旁，静候有余钱且有勇气者。摆上摊的书多属实用性强而又侥幸已脱出"毒草"黑名单的，如唐诗宋词等经典，要价也只比收购站的废纸价格稍高一些，而他们肩上挎包里的书，就不会随便给人看了。我还在农村插队，返城过年之际，听人说起此事，不禁好奇。堂子街于我并不陌生，我上的小学就在堂子街口，遂也过去转转，其时糊口尚难，买书自是奢望，只能趁买卖冷落时立在摊边翻翻书，过把瘾，也算是帮个"人场"。这一阶段中，虽偶有旧书交易，但远未成"市"，且极受政治气候影响，"运动"风声一紧，便自觉销声匿迹。

　　当代南京的这一波文玩收藏市场，正是由旧书交易开始复苏的。"文革"结束后，各种带有"四旧"色彩的日用品陆续露面，逐渐发展到非实用的小件文玩。这时挑高篓收旧货的人，陆续改用自行车后座架两个大方筐，也有人用上了三轮货车。一九八〇年冬，南京市政府正式批准恢复因"文革"停办的堂子街旧货市场，搭建了简易顶棚和柜台，估衣、旧鞋、高篓、杂件、自行车等分段经营，还有一个自由经营区，供居民出售旧衣物。杂件与自由经营区已经铺到了堂子街与朝天宫之间的朝天宫西街。我初入这个市场是在一九七九年，最初的目的一是找些能看的旧书，一是因为集邮，搜罗些旧信封、老邮票和明信片，但是很快就迷上了古钱币。因为几位收藏古钱的友人，曾将重复的品种送给我，尽管只是些最常见的北宋钱与清钱，已令我眼界大开。我是个好奇心重的人，无论新事物或旧东西，都想弄清其底蕴，而钱币上的年号，一下就让那遥远的朝代有了一种看得见摸得着的具象，而配齐各朝年号钱自然而然成了新目标。后来又买到了影印重版的《历代古钱图说》，更滋生了按图索骥的痴心。

一九八四年春调入省作协工作后，我已是每逢周末必去赶这个黑市。常常头一天晚上就睡不安稳，做梦都是在哪里发现了窖藏的古钱。周日天不亮起床，饭都顾不上吃，出门赶头一班四路公交车，到朝天宫下车天刚蒙蒙亮。旧货市场中已是人影幢幢，旧家什、旧衣物的交易已到后半场。旧书摊铺开了不少，有人用手电筒照着选书。也有摊贩在陆续赶来，三轮货车、自行车、小板车、挑担挎箩，一站定就被买主团团围定。我先借着晨光挑旧书，一边瞥着小古玩摊主的到来。当年较稳定的钱币卖家，我们都叫他老陈，瘦瘦高高的，背着个帆布包，总是在天大亮后到场，铺一块二尺对方的旧布在地上，然后慢悠悠地，把他的宝货一样一样从包里往外掏。其实他做的是铜器杂件生意，白铜墨盒、镇尺、小手炉、香薰以至水烟袋，也有旧玉件、古瓷器。一件东西放下，马上被人拿上手，他就会停下来，眯了眼笑。一件东西久无人光顾，他也会停下来，不甘心地列举其好处，讥笑围观者不识货。最后才轮到古钱，一大包几百枚，哗啦一声倒在布上，说定了几分钱一枚，任由人翻拣。这是我们的乐园，每挑出一个新品种，心中都有几分得意。老陈则从衣袋里，不时摸出一枚稀见品，摊在掌心招摇，眼神闪烁。那往往要几角钱甚至几元钱，我们这班新手不辨真假，多不敢伸手，总是被老玩家收去了。我有次壮了胆，花两元钱买了枚"政和重宝"，结果很快被人识破是赝品。

　　这使我打消了侥幸心理，下决心掌握古钱币以至古铜器鉴别的技能。其实这并不难，只要认对了标准器，多看多比照，熟悉各时期古钱的气息特征，真伪可一望而知。古钱是以存世量的多寡定珍罕品级的，但同一时期的珍品与普品，在型制、书体、工艺等方面相差并不大，所以掌握了普品的特征，也就不难判断珍品的真伪。当然我也读了大量钱币学著作，还常到博物馆去看展览。积累既厚，我遂写出一本《钱神意蕴》，系统介绍中国的钱币文化。同样的道理，有了古钱鉴别的基础，我也就敢将铜镜作为新目标了。八十年代中后期，只有唐代的海兽葡萄镜价格达到百元上下，直径十厘米左右的小汉镜才三四十元，六朝的巨钮镜、唐代的旋纹镜、宋代的湖州镜、明代的仿古镜，都只在十元上下。江南青铜器很少见，但汉代铜印不少，只是多锈蚀过甚，字迹模糊，反不如钱币能提供的信息多，所以我一直不太喜欢，只收过一枚元代花押。

旧货市场不是百货公司，百物杂陈，摊贩们是收到什么卖什么，我们也只能看到什么买什么。虽然我把旧书和古钱作为收藏的专项，但其他的东西也不可能视而不见，不免也跟着行家开眼长见识。陶瓷器中，南京出土最多的是六朝青瓷碗盏，稍有毛口的不过几毛钱一只，完好无损的也只块把钱。有一次几个江西人挑了宋代的青白瓷盘盏来卖，一元钱一只，我挑到七八个完整且有花纹的，也没当好东西，陆续送了人，现在手边只剩下两个。有一段出土了不少金、元的黑釉小碗，完整的少，毛口裂痕的，也只几元钱一个。另一个大宗是汉代陶罐，江宁、湖熟一带窑场和水利工地时有出土，直到一九九〇年代初，仍多是三四十元一只，只有特大或特小的，釉水特别好的，价格稍高些，曾在朝天宫见到直径一米的大汉罐，叫价四百元。至于南宋的韩瓶，几乎无人问津，我曾一元钱买下三只，也作为一种标本吧。诸如此类，都是淘旧书时附带的乐趣，几十年下来，各色各样的文玩杂件，我都成了半个行家。

我搜求的重点，自是旧书。

改革开放之初，百废俱兴，唯有旧书市场萧条依旧。

一方面当时上市的多是人们急于处理掉的"文革"出版物，另一方面是各类图书相继开禁，且书价尚低，所以新书更受读者欢迎。那几年间经由堂子街旧货市场进入造纸厂的"文革"出版物数量之巨，是难以估算的。至于受海外汉学界影响，中国收藏界看好"文革"出版物，已是又十年之后的事情了。

记得是从一九八五年开始，新书价格便以每年百分之三十的幅度上涨。这个涨幅与当时的工资上调率或物价上升指数相较，应该说不算太高，可是长期以来习惯了"市场繁荣、物价稳定"的中国人，对于书价的上涨，与其说经济上承受不起，不如说心理上承受不起。所以一些书店的"特价书柜"和"特价书市"便特受欢迎。与此同时，旧书交易也开始兴旺，上市的主要是改革开放以来的出版物及"文革"中出版的资料性图书，偶尔也有"文革"前的出版物以至民国年间的旧版书露面。当时娱乐方式尚少，读书仍是重要的休闲活动，为专门研究搜集资料者不多，更少有收藏意识。所以民国旧版书的出现并没得到人们的特别关注，其价格与新版旧书一样，大多在三五角钱一册，叫价在一元以上的，多是精装本大部头了。

旧书市场规模渐大，遂从旧货市场中独立出来。但直到一九八○年代末，南京城中尚没有形成稳定的旧书市场。

南京的有关部门，对于旧书市场的存在坚持采取不承认主义，风头上驱逐没收，从严处罚，风过后放任自流，视而不见。旧书商贩被迫成了"游击队"，堂子街旧货市场之外，鼓楼广场西南角、汉中门广场、山西路军人俱乐部、新街口工人文化宫、御道街午朝门公园、夫子庙瞻园路、水西门大桥下、锁金村广场、南京大学门前的汉口路、南京师范大学和河海大学附近的汉口西路等处，都曾出现过旧书摊点，有的逢周末成市，有的则整天设摊。南京的市容管理是分到各城区的，各城区很少能统一行动，所谓"东方不亮西方亮，黑了南方有北方"。这些路边摊点大多延续到一九九〇年代初，此后在整顿市容的高潮中逐渐被禁绝。

不过，南京的有关部门终于不得不面对现实，开始考虑规范旧书市场。一九九二年前，相对固定的旧书市场，主要在工人文化宫和军人俱乐部内。此后工人文化宫内大兴土木，周末旧书市场停办，军人俱乐部内旧书摊点转向，改售书为租书，继而又成为"二渠道"图书批发市场。代之而起的是鼓楼广场路灯下的旧书夜市，一度颇为壮观，新华书店和一些出版社也曾加入进来大卖降价书。直到一九九三年夏秋之际，有关部门终于决定在朝天宫开辟民间旧书和收藏品市场，先是安排在万仞宫墙和内秦淮河之间的夹道上，后在朝天宫东门外至仓巷桥口，盖起三排简易店面房出租，此后又将朝天宫泮池广场和前院开放，使这一带成为南京的民间收藏品交易中心之一。散布全市的数十家旧书摊很快汇聚于此，并吸引了大量外地书商前来经营。适逢南京自一九九二年起加快了"老城区改造"的步伐，大批传统建筑宅院被拆除，许多人在迁入新居时失去了原有的藏书条件，一些家有藏书而不能读的人家也趁机作一清理，导致大量古旧书流入市场。同时，二十世纪上半叶成长起来的一辈学人年事已高，陆续谢世，其藏书由于各种因素也多流入市场。一些单位改制，图书馆、资料室被撤销，管理人员不懂得古旧书价值，亦致使馆藏旧书成批流入市场。上市旧书的品种大为丰富，除了新版旧书，港台出版物、外文图籍、民国旧版书和线装古籍、学者与文化名人的签名本，亦不为少见，且时有稿本、抄本、明版本和清代精刻本露面，有心人也不难搜集到档案、日记、信札、照片等珍贵文献资料。

种种因素，造就了南京旧书市场的黄金时代。到一九九五年尾，朝天宫的周末书市，摊位已达数百个，京、津、鲁、皖、苏、沪及杭、扬等地书商纷纷介入，甚至有来自东北三省和巴蜀陕甘的旧籍上市。书商的经营规模也不断扩大，有的摊位长达数十米，摆出图书数千册！万仞宫墙外的夹道容纳不下，书市便向仓巷桥及附近人行道上扩展。每逢双休日，只要天气晴好，铺天盖地的旧书，熙熙攘攘的人流，形成一种极其壮观的景致，令爱书的文化人心醉，即使不打算买书，也愿意到这个氛围中走一走看一看，同书友们聊聊见闻心得，往往清早入市，一圈转下来已时近中午。"北有潘家园，南有朝天宫"的声誉就是此时形成的。全国各地的爱书人纷纷慕名前来，我就陪黄裳先生和陈子善先生在这里淘过书。

因第六届中国艺术节将于二〇〇〇年九月在南京举办，从前一年的七月中旬开始，朝天宫万仞宫墙与秦淮河夹道进行整修，书市全部被挤至建邺路仓巷桥口。八月里朝天宫周边地区全面翻建，东门外道路拓宽，简易房被拆除。建邺路北侧止马营民房拆迁，辟建为市民广场。书市起初仍在砖瓦废墟间坚持，后被完全驱出。少数书商在附近的仓巷、朝天宫西街租房开店。大量书商则急于寻找新的集散地，合肥市政府抓住这一时机，开放包河公园作为旧书交易市场，迅速取代南京成为华东地区最大的旧书集散地。入冬以后，虽然官方禁令稍弛，允许在仓巷路边经营，但旧书市场已元气大伤，只剩南京本地书商，多时有几十个摊位，规模远不能与过去相比。

第六届中国艺术节圆满结束，因为仓巷扩路，旧书市场仍回到朝天宫东门外，南起仓巷桥，北至王府大街口，只是又被迫成为黑市。书贩们周五夜间陆续进场，周六凌晨三四点钟已有人打着手电筒来淘书，天亮以后就得收市，通常冬季可到八点，夏季只能到七点，在取缔者上班前收市。

且不说一个城市的古旧书市场，可以看作考量其文化底蕴的重要标尺，已成为南京一大文化景观的旧书市场，本与朝天宫相得益彰，相对廉价的旧书使读书人得一便利，旧书经营也为下岗失业者开了一条生路，这都是旧书业本身给城市带来的好处。至于外地旧书经营者往返南京，甚至一家人长住南京，吃、住、行、用等日常消费，蕴含着怎样的商机，又会为南京人带来多少就业机会，这个账就更不好算了。当然，南京市政府以艺术节大局为重，不会像合肥那样算这种小账。

二〇〇一年初，我家搬到涵洞口，步行至仓巷不过十来分钟。然而年纪大了，反起不了早，多在天亮时分赶到，只能看个把小时，且好书多已被人挑走。不过，南京的旧书店主多拿这旧书市场作为进货的主要渠道，自会起早赶市。而旧书店主的大批量收购，也使摊贩愿意将书留给他们或让他们先挑。我便在散市后到附近几家旧书店中，从他们的收获中挑选，虽然价格比地摊上要贵数倍甚至数十倍，但毕竟可以淘到需要的书。

那十来年间，打交道最多的，要数天宫书店。店主金家永是安徽金寨人，起初是给在南京开工厂的朋友帮忙，但他很快发现了旧书经营中的商机，开始不声不响地收购古旧书。二〇〇〇年四月他在仓巷桥口租下一间简易房开设壹佰旧书店，拆迁后在朝天宫西街重租了门面，易名天宫书店，因为货源充足，经营灵活，很快吸引了南京的淘书人。二〇〇二年初，他乘某超市停业之机，竟租下了张公桥口六百多平方米的店面，年租金就达二十余万，书店业务也转为主营出版社压库书。因为店主肯吃苦，守信用，在当时南京城中遍地开花的特价书店、五元书店中，虽属后起而成长迅速，一年后已成为全国闻名的压库书批发中心，不但南京的小书店纷纷前来进货，南北各省的订单也络绎不绝。不少出版社也愿意一次性将上百万元的压库书批给他。我因为住得近，跑得勤，从这些压库书中，买到了不少早年错过的好书。青岛路的学人书店、汉口路的唯楚书店，当然也是淘书的好去处，但毕竟离得远，没有天宫书店这么方便。

二〇〇九年春天，据说某领导偶然周末早起外出，乘车经过王府大街，看到旧书地摊，大发雷霆道："改革开放三十年，南京居然还有地摊！"此辈不反省为何三十年尚不能在南京辟建一个稳定的旧书市场，反而以地摊为耻，张贴告示，将旧书市场彻底驱离王府大街。其时文津桥与张公桥之间河边的狭窄小路上，尚有一个旧货市场，部分旧书摊遂混入其中经营。当年八月，南京艺术学院西面的南艺后街古玩市场开业，露天摊位允许旧书经营，部分书贩转移过去。二〇一〇年，仓巷的支巷安品街中建成古玩市场，仍以"朝天宫古玩市场"为名，一度在门前路边划设周末经营的收费摊位，也吸引了部分书摊。古玩市场的四楼，陆续开出几家旧书和纸品店。与此同时，仓巷与木屐巷内先后开了十来个旧书店，现在坚持着的还有六家。二〇一五年，仓巷地块的万科别墅区正式开工后，有关部门遂将仓巷和安品街的地摊全部取消。直到二〇一七年五月，登隆巷中的朝天宫古玩市场二期项目开业，一度允许书贩在院内摆摊，渐渐聚拢了十来个书贩。

　　自从一九九五年实行双休日制度，除了雨雪或出差，我基本上每周六、周日两个上午都泡在旧书市场里，平时在电脑前坐累了，出门散步，不是去张公桥天宫书店，就是去仓巷与木屐巷的几家小书店。直到二〇一六年春天，有一日忽然想到，即以每周一天算，一年就是两个月，三十多年下来，我在朝天宫一带度过的时日，竟有五六年之久！不禁大吃一惊，以后就控制自己，每周最多只去一次了。

秦淮河

　　二〇〇〇年，因为肚带营宿舍那套房空间太小，实在容纳不了万余册藏书，我只得在涵洞口的汉中苑小区买下一套一百三十五平方米的新房，简单装修，主要是在客厅里打了五排顶天立地的大书架，于次年春节后迁入。

　　当时看中这套房，一个重要的因素，就是景观好，小区西邻外秦淮河，我家在六楼，客厅的西窗正对莫愁湖，南窗外水西门大桥近在咫尺，隐约可见集庆门一带城墙，书房的北窗遥对清凉山，窗下就是荡荡河水。那一年十二月，上海古籍出版社出版了我的文化随笔集《家住六朝烟水间》，没想到这么快，我就真的住进了"六朝烟水间"。

　　另一个因素，就是此地离我们小时候所住的石鼓路，不过三四百米。我不想感慨"世界真小"，人生的漂泊，似乎确实被冥冥中的什么力量左右着。或许，正是因为有儿时的记忆在，我更容易接受这个新环境。

搬入新居后，我曾领着妻子和小女去石鼓路寻访旧迹。虽然石鼓路旧貌换了新颜，我们住过的老屋还在。临街的二层小楼，板壁改成了砖墙，楼下的过道依然昏暗。后面的中式院落，青石门框和黑漆大门都消失了，青石铺砌的天井也变成了水泥地。我们三个人走进那个侧院，几乎就占去了半个院子，关着门的平房是那样低矮，使我已没有勇气去敲门。几年以后，听人说，我们住过的那座平房失火烧掉了。我赶去看时，侧院的门已被封死，如同我再也回不去的童年。二〇一七年初，当我决定写这本书时，想着要不要去拍张照片，结果意外地发现，那里已被拆为平地。

幸存的汉西门瓮城经过修缮，成了汉中门广场的一部分。因为完整的棋盘城已被拆破，全然失去了当年的森严，广场和花坛延伸进瓮城内部，连沧桑感都淡化了。四眼井还在，孤零零地封在路边，虽然竖着保护标志，可一点水气都没有，一点生气都没有了，全然不像一口井。汉西门大街也都翻建成了多层建筑，街面上反显得有些落寞。好像没走几步，已过了陶李王巷，从柏果树转上了堂子街。罗廊巷小学变成了某单位空关的办公楼。只有所谓"太平天国壁画"又经过一轮维修，重新开放供参观。一如堂子街上的旧货店，满塞着的已是空调、彩电和洗衣机，洋溢着浓郁的现代气息。

汉中苑小区只有一幢楼，楼的南侧便是涵洞口了。涵洞口这个地名，很容易使人联想到现代水利工程，与"六朝烟水"不免相去太远。这地名曾是我选房时唯一有些于心不甘之处。几年之后，当我认真研究南京城市史时，才发现这地名源于水利工程是不错，但那可是南京城里历史最为悠久的水利工程之一。

事起于东吴建都。据《建康实录》记载：赤乌三年十二月，孙权命左台侍御史郗俭监凿运河，沟通秦淮河与宫城区，自今上浮桥附近北行直抵仓城，以便物资转运，名运渎。这是吴都商业中心大市与宫城之间最便捷的运输线，又成为都城建业西边的护濠。同时开凿运河东引青溪以补充运渎水量，即今四象桥、内桥至笪桥河道，史称运渎东源。此后，运河又自笪桥西延，过冶山南麓，由涵洞口入江，打开了冶城与石头城之间的水上通道，又将青溪、运渎、秦淮、长江相沟通，无论从物资运输的角度，还是水源调剂的角度，好处都是很大的。

四象桥至涵洞口这条水道形成后，对于南京城市形态产生了重要影响。它既是东晋南朝建康都城南面护濠，也是东晋扬州府治西州城的南面护濠，自此成为南京城南、城北之间的有效界限，也是后世上元、江宁两县的分界。水道北侧形成的道路，即今白下路、建邺路一线，则成为重要的东西干道。在运渎和青溪大部湮没之后，尚存的水道中，最为人所重的就是这条东西交通干线，被视为秦淮河下游的一条主要支流，因其处于南面秦淮河和北面杨吴城濠之间，故称秦淮中支。

杨吴徐知诰营建金陵城时，明显受到秦淮中支的影响。因其宫城南垣以秦淮中支为护龙河，而宫城的位置决定着都城的格局，所以也就决定了金陵城的大致方位。金陵城开水、陆八个城门，同样取决于城中水系和既有干道。南门在六朝南北中轴线的南端，上水门（今东水关）是秦淮河入城的水闸，东门在上水门北侧，下水门（今西水关）是秦淮河出城的水闸，龙光西门在下水门北侧，大西门正当石头津渡口，不能不开以便通行，北门在宫城之北。而秦淮中支入江口设铁栅以为防卫，俗称栅寨门，元人称铁窗子、铁窗棂，至明初建都城时改用涵管穿过城墙，乃有涵洞口之名。

明初所建都城，实际上是以南唐金陵城为基点，在其东新辟皇宫区，再圈入北部的军事区。在这一意义上，可以说也间接地受到了秦淮中支的影响。

所以，涵洞口这个点，对于南京城，在时间和空间上，都具有重要意义。

汉中苑小区地处虎踞南路与外秦淮河之间，本属于建邺区。二〇〇二年南京区划调整，建邺区移往河西新城区，原城内属地划归白下区，最初以虎踞南路为界，路西侧的小区仍属建邺区，不久改为以外秦淮河为界，汉中苑遂归入白下区。二〇一四年，白下区全部并入秦淮区，我们又成了秦淮区居民。原地不动，换了三个区属，也要算一件奇事。与此同时，下关区也并入了鼓楼区。

白下与下关这两个历史悠久的地名，就此消失。想想六七十年前，我们一家初到南京，住在下关的日子，还历历在目呢。小时候只晓得街巷，对属区没有概念，现在算来，下关、建邺、鼓楼、玄武、白下、秦淮，南京的几个城区，我居然都住过了。

现在来汉中苑的人，都会夸这小区环境好。然而，我家当初搬来时，外秦淮河污染极其严重，夏天水量大还好些，冬天枯水时节，恶臭飘扬直上六楼，临河的窗子都不敢开。徐雁等书友来玩时都说，就赌这外秦淮河能不能整治好！

人们在外秦淮河上行船，在水中游泳，在河边钓鱼，印象中仿佛还是昨天的事情。然而此时，南京已是有水必臭。从内秦淮河到外秦淮河，以至沿岸丰厚的历史文化瑰宝，几乎都湮没在污泥浊水之中。我在《家住六朝烟水间》中写到过，南京人将十里秦淮之美自嘲为"臭美"，确是实情。沿着外秦淮河岸行走，隔不多远就能看到一根粗大的涵管，朝河道里排放五颜六色的水，随之腾起的是说不清楚的怪味。涵洞口水闸一开闸，奔涌而出的不是水，而是一条墨色的巨龙，奇形怪状的固态污物装点成龙身鳞甲。外秦淮河实际上变成了城市的排泄通道，沿河的房子都卖不上价。外秦淮河东岸的老城区与河西新城区，都有背河发展的趋向。

我当时的想法是，如果这个城市还要生存，还想发展，还不至于就此溃灭，那么，严重污染的问题就非解决不可。

果然，二〇〇二年七月，南京市规划局制定《外秦淮河沿线环境综合整治规划》，明确了以明城墙为主线，结合外秦淮河，依托自然山林，串联人文景观，形成"环城绿带"的整治目标，要让秦淮河重新成为一条"流动的河、美丽的河、繁华的河"。"显山露水"，就要显青山，露绿水，重现南京以"山水城林"为特色的历史文化名城风貌。

第二年，南京市政府投资三十亿元人民币，开始全面实施这一规划，外秦淮河水道清障除淤，两岸防洪堤整治绿化。施工期间，河底挖出的淤泥中，夹杂着大量砖瓦、瓷片，也有朽烂的木桩和石础。沿河堤坝重砌，坝顶铺成花砖小道，堤内种紫叶李和冬青，堤外种杨柳。二〇〇五年三汊河口闸建成，外秦淮河水位可以控制，水质明显改善，四季清冽。沿河多处人文景区布置相应的雕塑、壁画，汉中苑小区南侧，涵洞口水闸外墙浮雕"山水城林"，还建造了一座仿古步行小桥。闸内辟出一片公共绿地，砌成花坛。与西南角几棵上百年的法国梧桐对应，西北角堆起一片假山，造了一座仿古小亭。不料好景不长，绿地南侧的市自来水公司先是在花坛之间停车，后来干脆将花坛全部铲平，改建为私用停车场。

沿着河边的步道，南行可至水西门市民广场，北行可至石头城公园。

石头城与南京的诸多历史文化遗址一样，曾是我心中的难言之痛。二十世纪末，常有外地来的朋友，慕名求访，可是连路都找不到，于是要我做导游。其时城墙下搭建着密密麻麻的简易房，住着返城后无家可归的下放户。小路的西边拉起了一道围墙，里面乱堆着破钢烂铁，成了个小工厂。旧时如镜的池塘几乎淤平，连过去周边居民赖以谋生的芦苇也稀稀落落。每次领着人走进那一片垃圾场中，每次吃力地向人指点城上的鬼脸和湮灭的池塘，都让我脸红。没奈何，只能尽快带他们离开，然后空谈石头城在南京历史上的重要地位。朋友们不愿让我难堪，也跟着发一些怀古的感慨。大家都尽量回避眼前的现实。曾有一位台湾同胞，定要去看看石头城，出租车走到半路就开不进去，几人下车步行，坑坑洼洼的泥土路，两边不堪入目的破烂民居，城墙上下的荒草乱树，驻足城下几有不见天日之感，那方"江苏省文物保护单位"的石碑，简直成了一种讽刺。台胞默然伫立，临离开时说了半句话："石头城，算是南京的发祥地吧，怎么就……"

同在二〇〇二年，南京市政府终于开始整治石头城地区。恰好明城垣史博物馆因编纂《城垣沧桑》图录，邀我与俞律、冯亦同等参加撰稿，六月九日，杨国庆陪我们乘车绕南京城墙一周，让大家能有一个较完整的印象。此时拆迁工作已近尾声，破烂棚户一扫而空，荒草杂树斫除将尽，置身石头城下，天高水远。半个世纪以来，我第一次清清爽爽地看到了石头城的全貌。我的任务是写西城清凉门到钟阜门一段，遂以《石城千载屹江天》命题，浓墨重彩地描述了石头城的千年变迁。

次年五月一日，石头城公园建成开放，虽正值"非典"肆逆之际，依然游人如织。我和妻子午后漫步出清凉门，踏上宽阔的外秦淮河岸，心中就涌上一种感动。明城墙墙顶墙身破败坍塌之处，都做了规范的修补，"天生城壁"依稀战痕斑驳，苍劲沉雄，"石头虎踞"的英姿终于重现人间。走到鬼脸城下明镜般的池塘边，正巧遇上了叶兆言一家。不约而同，可见南京人对于石头城的关注。

另一个让南京人惊异的是二道埂子改造。二道埂子是莫愁湖与外秦淮河之间的一条防洪堤坝，后有无家可归的贫民在埂上建简易房，成为南京有名的棚户区。每逢雨季，房外房里一片水淋淋，苦不堪言。二〇〇一年，二道埂子地块成为南京第一个"招拍挂"地块，卖了一点八个亿。听说当时相关领导喜出望外，没想到这样一个棘手棚户区能卖出如此高价，甚至不无同情地允许万科集团在拿地后改变规划，将部分多层建筑改为十二层至十八层的高层建筑。万科要求将二道埂子更名为莫愁湖东路，当即得到批准。开工后万科集团宣传要建成高品质住宅区，每平方米售价五千元。南京人多认为是说梦话，因为当时南京好地段房价也只在三千上下。许多人跑到工地上去看热闹，眼看着万科把高楼的地基伸进了莫愁湖中，也不以为怪。结果这楼盘的开盘价是每平方米六千元，而且很快卖完。南京人这才明白"湖景花园"的价值。但带来的直接后果是开发商纷纷抢夺莫愁湖周边地块，四面高楼林立，使"金陵第一名胜"莫愁湖迅速沦为"洗脚盆"。

莫愁湖只是一个显例。在那一轮"老城区改造"中，南京城内外的自然景区与历史街区，大量失陷，有些地区遭受的损失已无从弥补。

迁入外秦淮河畔的新居，生活质量大为改善，我有了一间十四平方米的书房，加上客厅里的书架，藏书可以分门别类安放，阅读利用大为方便。其时我恰又脱离了《东方文化周刊》的繁重编务，转为江苏省作协的专业作家，有了更好的写作条件。安居乐业，此后十几年中，无论读书还是写作，都达到了我生命途程的一个高峰。

我因为没进过高等学府，读书全无章法。最初写书话，取材驳杂，或因读后有话想说，或因新得沾沾自喜。如今能有机会系统地读一点书，渐渐滋生了专题写作的设想。在与徐雁先生一起主编"中国版本文化丛书"时，我写了其中的《插图本》一种，不得不下功夫弄清中国古籍插图的来龙去脉，感到收获之大，远过于零乱翻阅。此后即开始尝试系统阅读与专题写作。如《纸上的行旅》是旅行类图籍的书话结集，《旧家燕子》和《拾叶集》是名家签名本的书话结集。最近的一本《古稀集》，则是选取近现代百年间的古书与稀见书七十种，写成书话，试图借以反映那个时代的社会文化真相。

　　我的许多藏书，是与所涉猎的收藏领域相关的，这使我有可能进入较多的文化专题。如《钱神意蕴》，以实物鉴赏和文献研解为基础，深入品评中国古代钱币文化；《风从民间来》，上承二十世纪初北京大学前辈们开拓的事业，第一次对中国民歌史作了完整的梳理；《版本杂谈》，以实证的方式，第一次对中国近现代图书版本作了系统阐述；《片纸闲墨》，第一次对古代花笺和书信文化作了较为系统的梳理；《拈花》则是对中国以至东方插花文献的首次系统解读。在《拈花》一书的《尾声》中，我写了这样的一段话："我们这一代人，因十年浩劫丧失了最好的求学年华，注定已难登学术堂奥，但是做一些拾遗补阙的工作，尚属力所能及。我的设想是，每次选择的题目宜小，探讨则力求透彻，至少也要达到承前启后的水准，才不枉此行。就像打井一样，只要挖掘够深，总可以渗出点水来，或可供人解一时之渴；即便打不出水，成为一个空洞，也可以让被压抑太久的传统文化板块透透气。倘若打开的井眼够多，竟至于串连成线，星罗成局，也未可知。"

　　与此同时，因为介入南京历史文化遗产的保护工作，迫使我不得不对城市文化作深入研究，在搜集研读大量历史文献和实地踏勘的基础上，先后写成十几本书，从普及读物到学术专著，也算对于我长期生活的这座城市的回馈。

十几年间，我的阅读与写作主要集中在这两个方面。不过，目标虽然明确，实践仍非易事。家中的藏书往往只能形成一个专题的基础，而真正要完成一本专著，则必得搜求更多的材料。在前文《堂子街》中，我写到与旧书市场的不解之缘，其实我的淘书，主要是出于阅读与写作的需要，因喜爱和收藏而买下的书比例是很小的。不知不觉间，家中的藏书增加了近一倍，又一次弄成了遍地书堆的狼狈局面，朋友们想来玩玩，连坐的地方都没有，我也不好意思请人进门。

再加上年纪渐大，没有电梯的六楼，上下日渐吃力。换房也就不得不提到议事日程上。在朋友们的帮助下，陆陆续续也看了不少新房和二手房，总是不能满意。直到二〇一六年二月底，看到莫愁湖东路君园的一套二手房，朝西的大飘窗，可以观赏莫愁湖的全景，顿时动心，一个星期就与原房主商妥，办好了交易手续。遥想日后晴光夜月，秋雨春风，都有此湖共度，不觉已心醉。君园位于外秦淮河西岸，与汉中苑隔河相望，步行只需八分钟。说到底，我们留恋的还是这个已经习惯了的环境，这个与秦淮河相依相伴的氛围。

陈卫新先生为我设计了实用的书橱。当然我也不打算把藏书都搬到新居中，暂时用不上的书，还是留在原处，这样也免了搬家的艰难。二十几年前，我将肚带营的小书房命名为止水轩，其实在那个书房中，远山是实景，止水则只是意象。而今这两处住宅中，竟都有临水的书房。看来我真该请一位书家题写轩名，做个匾额挂起来呢。